キッズの未来派わんぱく宣言

中原昌也

MASAYA NAKAHARA

NAUGHTY MANIFESTO OF THE FUTURIST KIDS

TOKYO. 2004

リトル・モア

MASAYA NAKAHARA

NAUGHTY MANIFESTO OF THE FUTURIST KIDS

TOKYO. 2004

「ねぇ、いい顔に見える努力してる？」

今にも病死、又は自殺しそうな病的な顔の男の肩を、すれ違いざまに馴々しくポンと叩いてみる。実際には、ポンなどというような、まるで和太鼓が彼の肩に乗っているかのような気持ちのいい音はしない。死んだハトが空から落ちてきて冷たいコンクリートの地面に当たったような、鈍い音だ。

新宿の交差点のど真中で、今までは目立たぬように人目を忍んでコソコソ歩いていた陰湿な表情の男に、周囲の人々の視線が集まる。俺が彼の肩を叩いた時の音が、よほど大きかったのだろう。

近頃は次から次へと全裸の写真集が出版されているせいか、それらの話題が家庭や職場に上るのが珍しくなってきている。しかし、体の大部分を

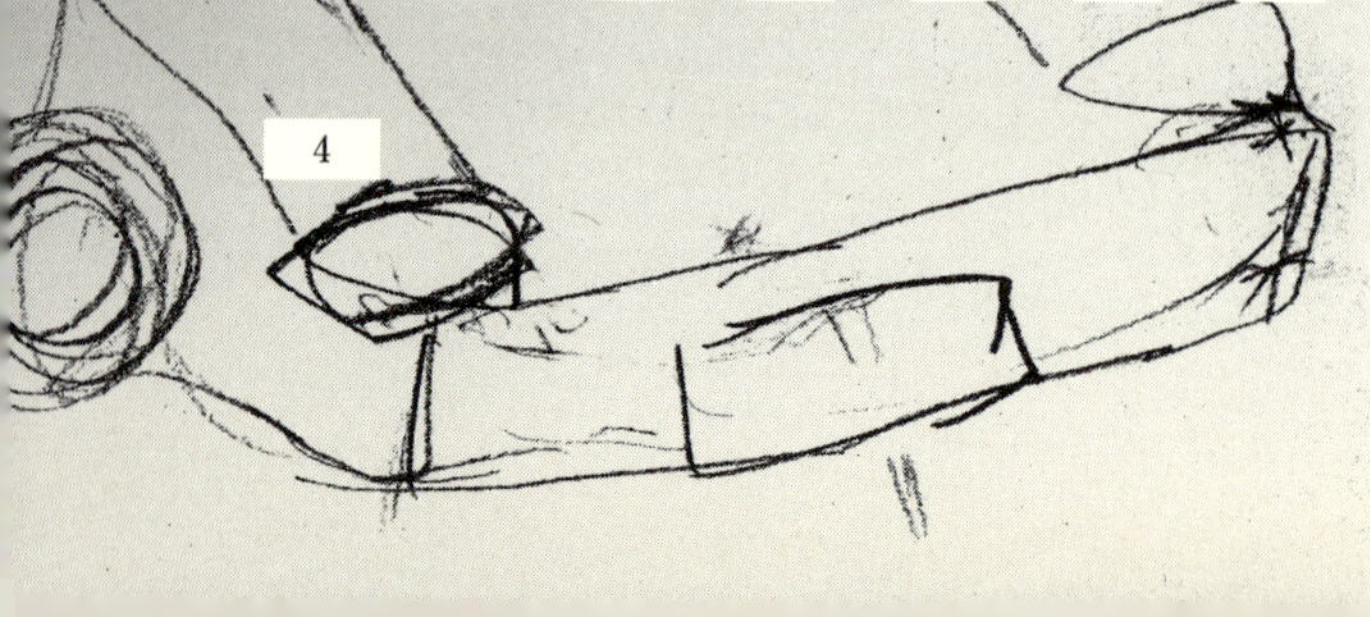

各自のセンスで選んだ衣類で隠している我々一般人にとって唯一、他人に見せられる裸の部分が、おのれの顔なのである。

その日の夜、コンビニの夜勤をしていた俺に一本の電話が入った。

「夜遅くにすいません。どうしても話したかったんです」

昼間にすれ違った、暗い顔の男からだ。こんなに早く電話が来ると思っていなかったから、俺はド肝を抜かれて呆然となった。辺りの景色が消え、音は、受話器からかすかに聞こえる相手の荒い息だけだ。

「この名刺に書いてあるのは、バイト先の番号なんすかね。へへへへ」

俺は彼に自分の名刺を与えたことすら忘れていた。そして昼の陰気だったムードは、その軽快で押し付けがましいトーンの口調に変化していたのだ。

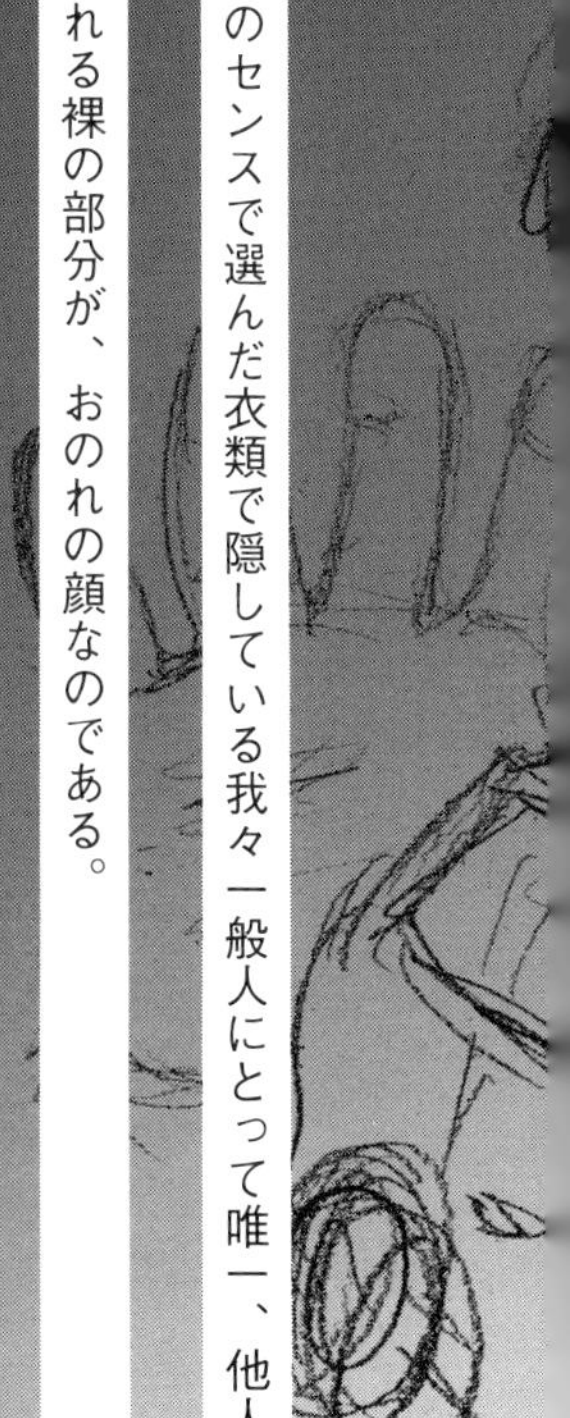

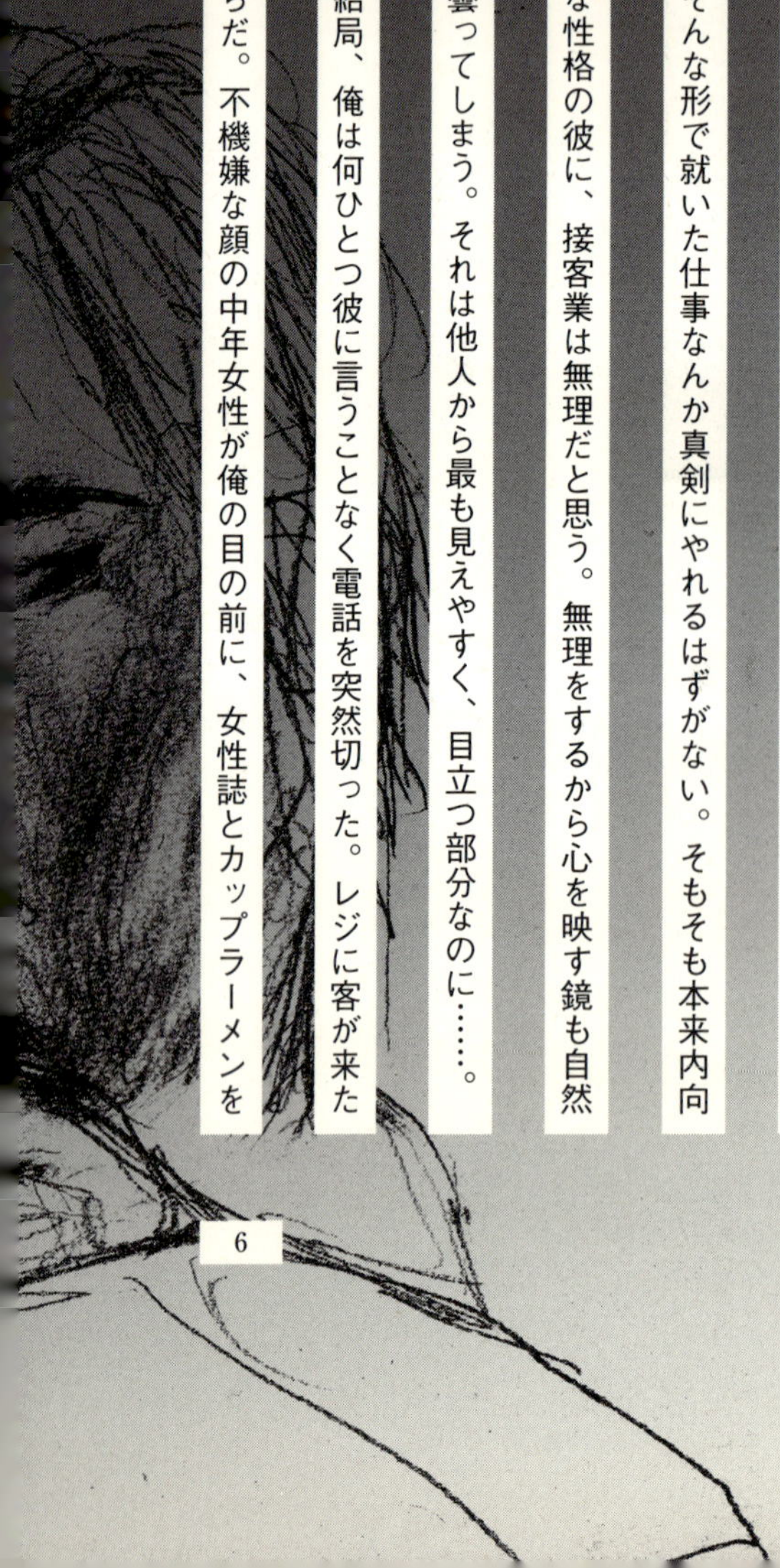

生命力に満ちた、情熱のある声に。
「俺、大学受験に失敗して、仕方なくアダルト・ショップでバイトしてるんですよ。工業高校の電気工学科を卒業したのに、こんな仕事やってんじゃ、親も泣きますよね。投げやりな気持ちで選んだ仕事ですからね、だから俺、いつも暗い表情をしてるんです」
そんな形で就いた仕事なんか真剣にやれるはずがない。そもそも本来内向的な性格の彼に、接客業は無理だと思う。無理をするから心を映す鏡も自然と曇ってしまう。それは他人から最も見えやすく、目立つ部分なのに……。
結局、俺は何ひとつ彼に言うことなく電話を突然切った。レジに客が来たからだ。不機嫌な顔の中年女性が俺の目の前に、女性誌とカップラーメンを持って立っている。俺は中年女を完全に無視し、雑誌コーナーの男性向けエロ本コーナーの方に顔を向ける。中年女は俺がずっと無視しても、とくに文句を言わずにただ不機嫌な顔のまま黙り続けた。その状態が何ひとつ変化せず、ずっと続いた――。

コンビニのバイトから帰って、俺は駅前の特設ステージに立った。

木の板は何者かによってすでに用意されており、剥げかけた赤いペンキの塗装が前を横切る人々の目にやたらと止まる。が、立ち止まってそれをじっ

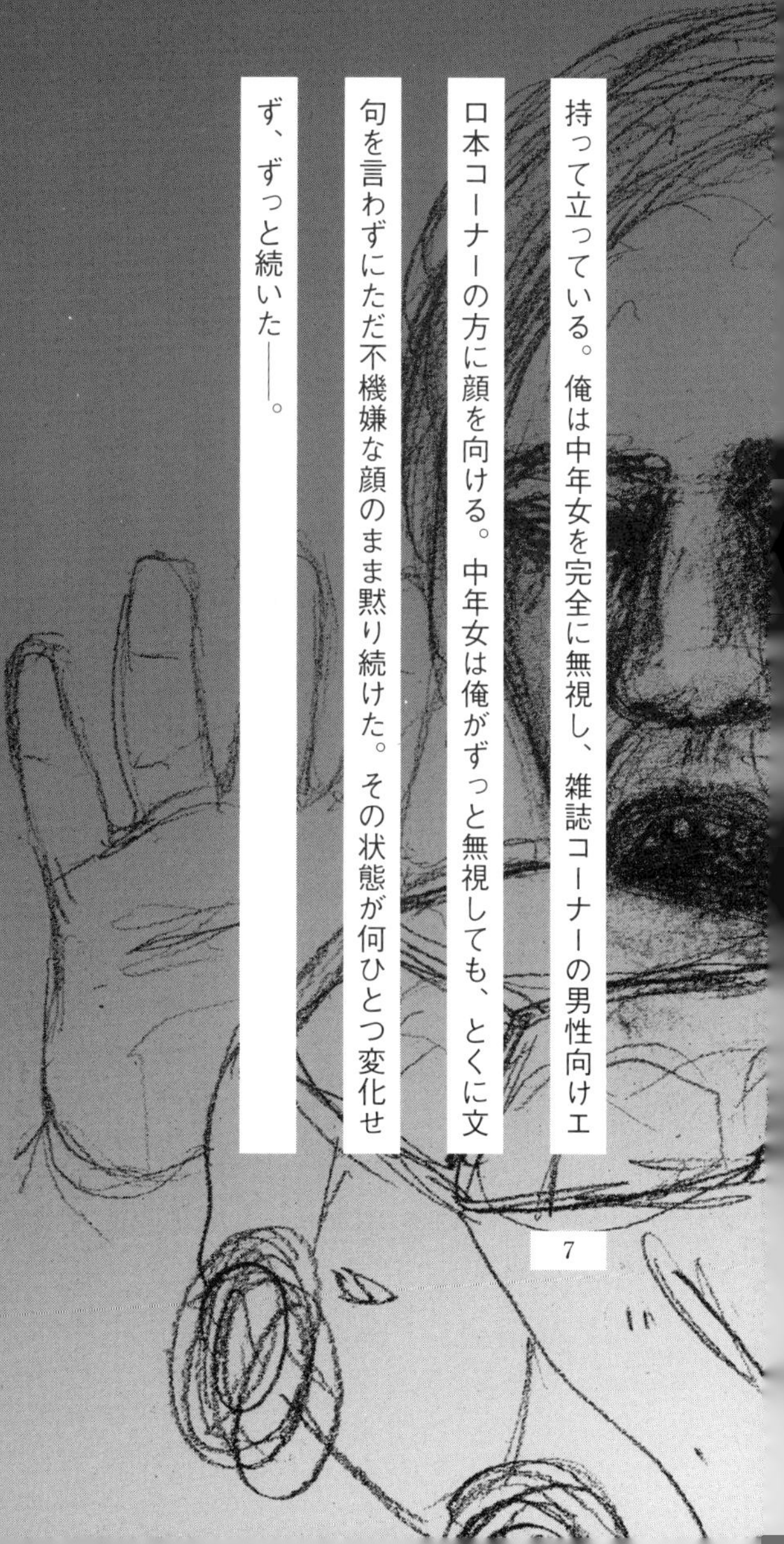

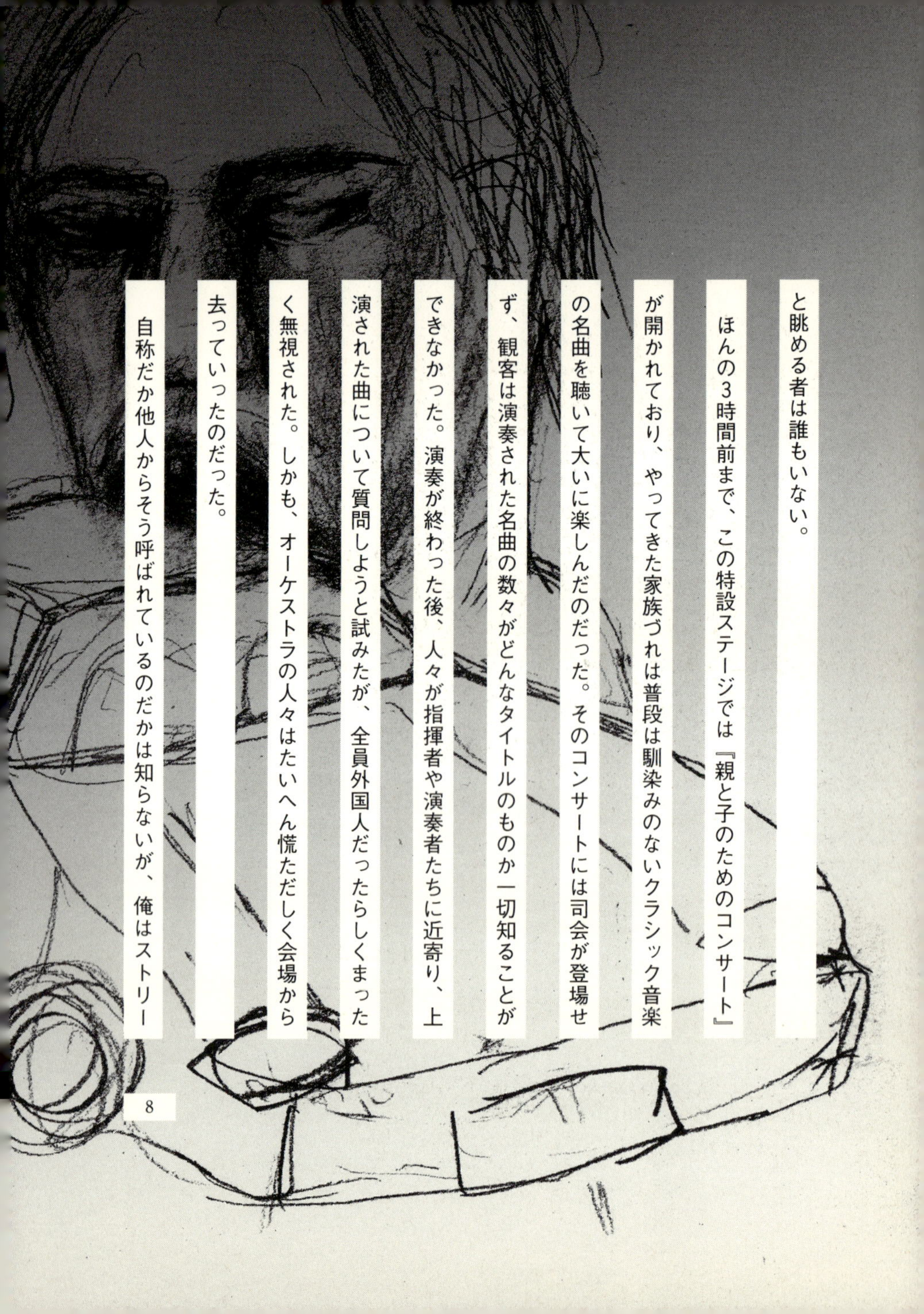

と眺める者は誰もいない。

ほんの3時間前まで、この特設ステージでは『親と子のためのコンサート』が開かれており、やってきた家族づれは普段は馴染みのないクラシック音楽の名曲を聴いて大いに楽しんだのだった。そのコンサートには司会が登場せず、観客は演奏された名曲の数々がどんなタイトルのものか一切知ることができなかった。演奏が終わった後、人々が指揮者や演奏者たちに近寄り、上演された曲について質問しようと試みたが、全員外国人だったらしくまったく無視された。しかも、オーケストラの人々はたいへん慌ただしく会場から去っていったのだった。

自称だか他人からそう呼ばれているのだかは知らないが、俺はストリー

ト・ミュージシャンといわれる連中が大好きだ。どんな種類の音楽であろうと、どんなに歌や演奏がヘタだろうと、路上で彼らを見つけたら俺はニコニコしながら近づくことにしている。そして曲が終わるたびに歓声を（少々大ゲサに）上げ、スローな曲では涙を流し、最後には有り金を全部渡す。一生懸命に歌っている彼らに俺がしてやれることはそれくらいしかない。

そして、オーケストラを乗せたバスが、ストリート・ミュージシャンたちを轢く。通称ストリート・ミュージシャン通りで。運転手は言う。「多分命に別条はないですよ。人なら何回も轢いたことがありますからね」

さっきまで名曲の数々にうっとりしていた人々は、打って変わって不快な表情に。彼らが血まみれの路上に吐き気を催すという一幕も。

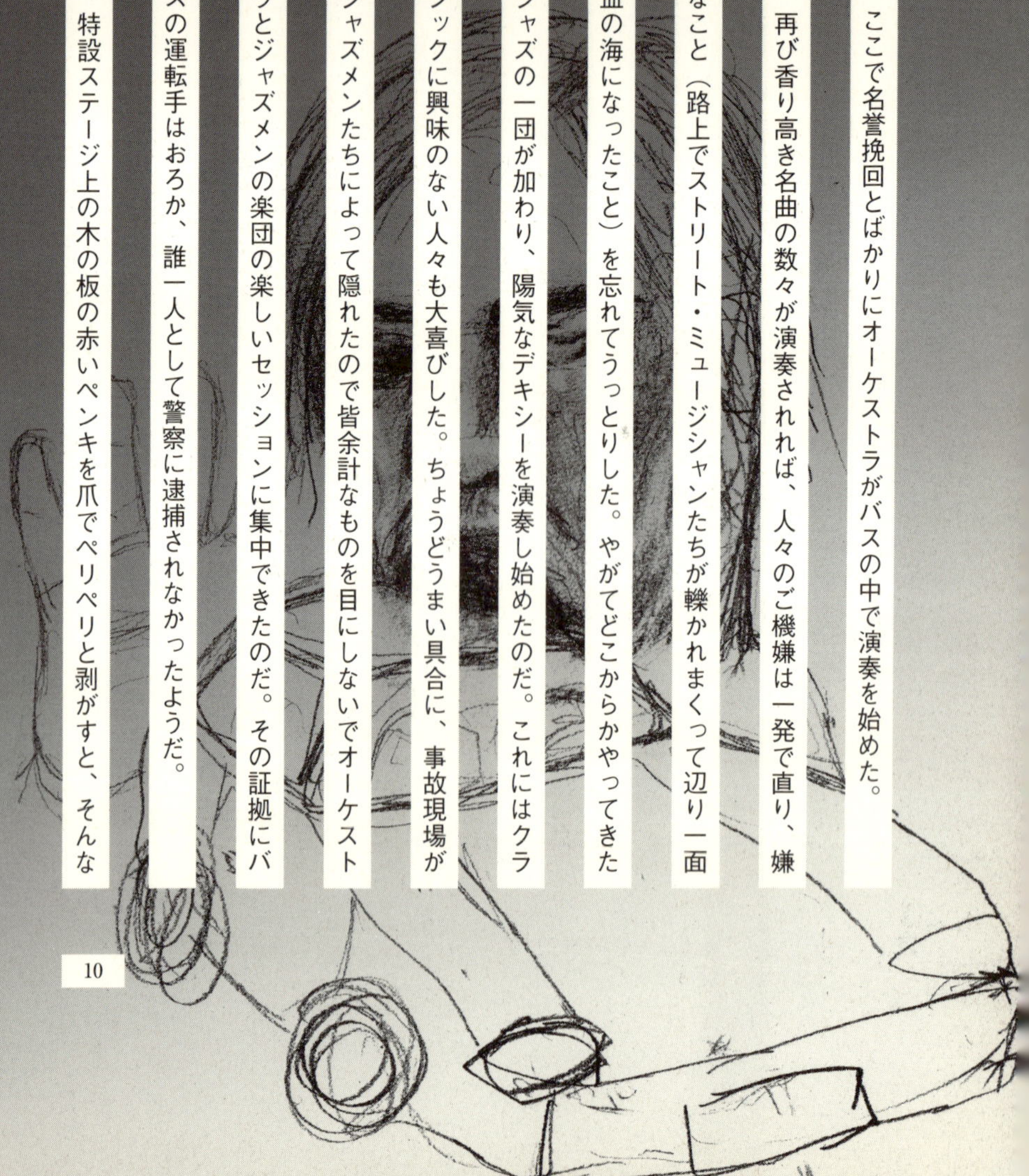

ここで名誉挽回とばかりにオーケストラがバスの中で演奏を始めた。

再び香り高き名曲の数々が演奏されれば、人々のご機嫌は一発で直り、嫌なこと（路上でストリート・ミュージシャンたちが轢かれまくって辺り一面血の海になったこと）を忘れてうっとりした。やがてどこからかやってきたジャズの一団が加わり、陽気なデキシーを演奏し始めたのだ。これにはクラシックに興味のない人々も大喜びした。ちょうどうまい具合に、事故現場がジャズメンたちによって隠れたので皆余計なものを目にしないでオーケストラとジャズメンの楽団の楽しいセッションに集中できたのだ。その証拠にバスの運転手はおろか、誰一人として警察に逮捕されなかったようだ。

特設ステージ上の木の板の赤いペンキを爪でペリペリと剥がすと、そんな

物語が絵となって描かれているのが現れた。が、道行く人々はまるで目もくれず家路へと急いでいた――。

本物を見極めるセンス。それはあらゆる価値基準からみても認めざるを得ないような、絶対的な真理を知っている者だけが手にすることができる。それは山に篭もったりして、おのれの内面と対話するなどといったマスターベーション的禅問答で得られるものなんかではない。人々の集まるような街中で磨かれるべきなのだ。だから若者たちが次々と田舎から現れ、専門学校な

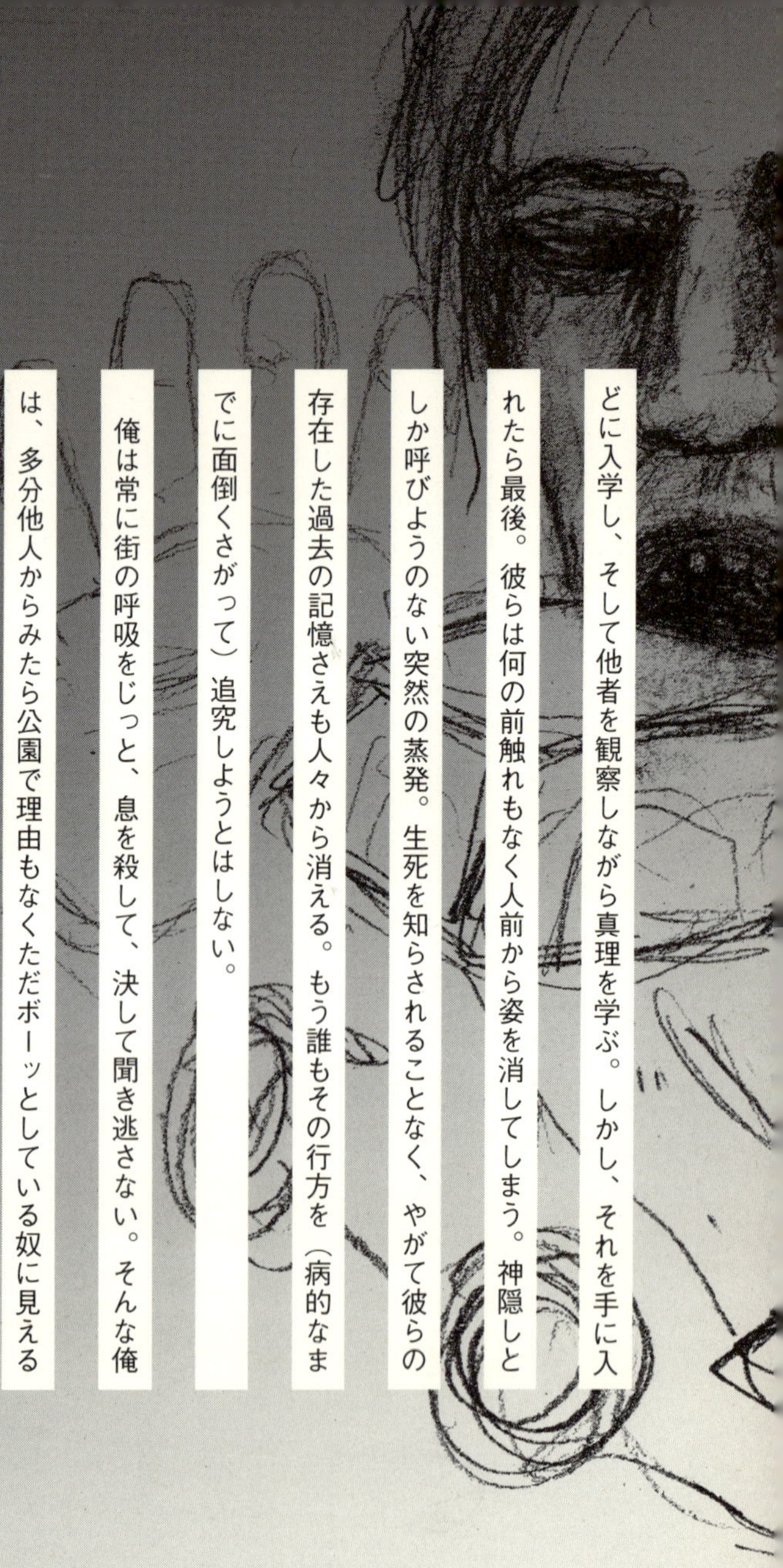

どに入学し、そして他者を観察しながら真理を学ぶ。しかし、それを手に入れたら最後。彼らは何の前触れもなく人前から姿を消してしまう。神隠しとしか呼びようのない突然の蒸発。生死を知らされることなく、やがて彼らの存在した過去の記憶さえも人々から消える。もう誰もその行方を（病的なまでに面倒くさがって）追究しようとはしない。

俺は常に街の呼吸をじっと、息を殺して、決して聞き逃さない。そんな俺は、多分他人からみたら公園で理由もなくただボーッとしている奴に見えるだろう。

「何かいいことないかなぁ」

「おもしれぇこと、何か起きねぇかな」

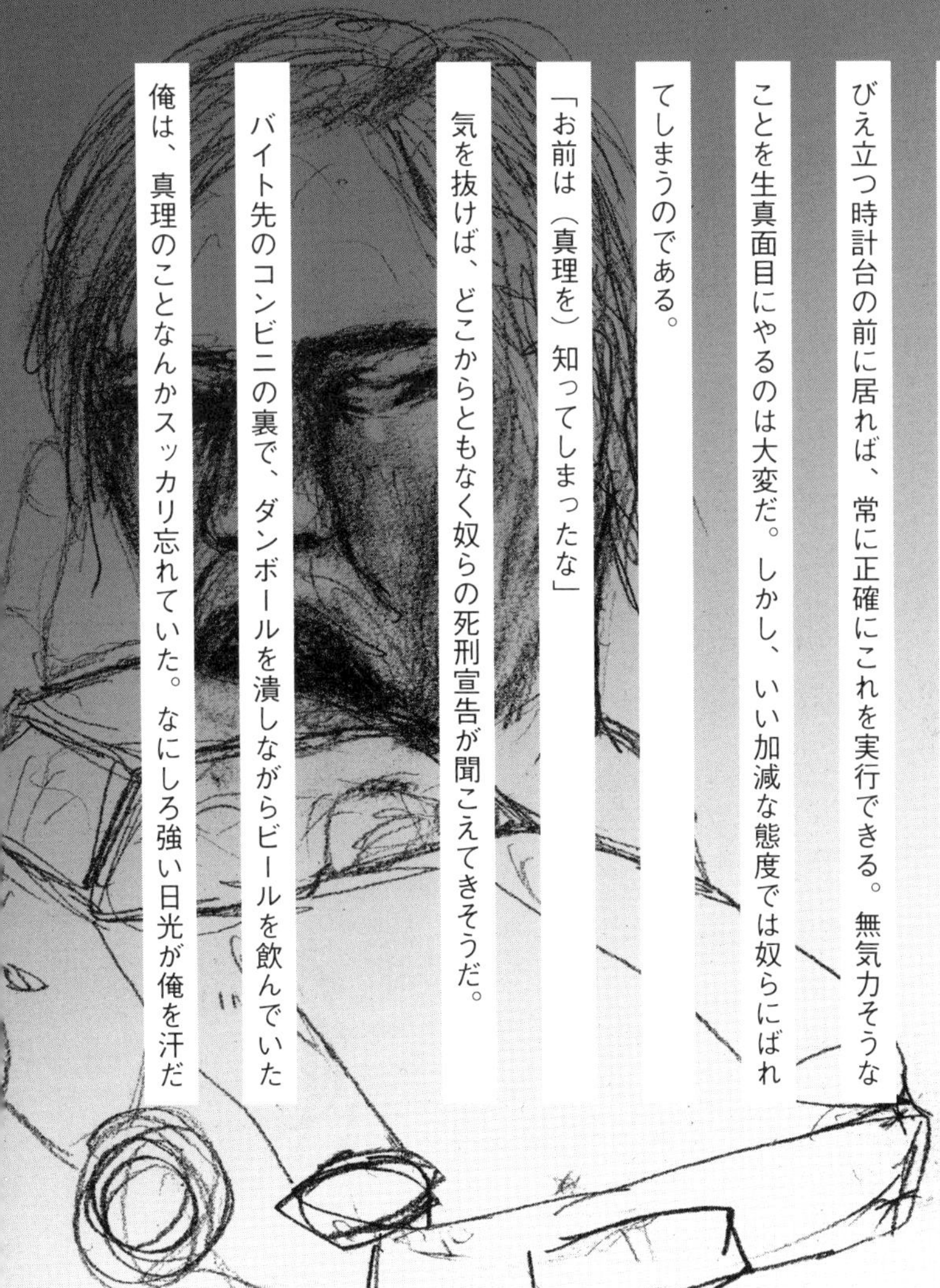

「誰か小遣いとかくんねぇかな」

以上三つの独り言用のセリフを、きちんと20分毎に言う。公園の中央にそびえ立つ時計台の前に居れば、常に正確にこれを実行できる。無気力そうなことを生真面目にやるのは大変だ。しかし、いい加減な態度では奴らにばれてしまうのである。

「お前は（真理を）知ってしまったな」

気を抜けば、どこからともなく奴らの死刑宣告が聞こえてきそうだ。

バイト先のコンビニの裏で、ダンボールを潰しながらビールを飲んでいた俺は、真理のことなんかスッカリ忘れていた。なにしろ強い日光が俺を汗だくにしているからだ。この状態では仕方あるまい。そこへ二人のストリート・ミュージシャンがやってきた。一人はアコギで、片方はマラカスを手にした若者たち。ハッキリ言ってうざったい連中だ。

「ここで演奏してもいいかな?」

連中が妙に馴々しく話しかけてきたことが無性に腹立たしい。

「俺と腕相撲して勝ったらOKだ」

ダンボールのひとつを左手のパンチ一発で潰しながら俺は言った。早速、俺とマラカス男はビールケースで即席に作ったリングに向かい合って座った。俺も敵も、たまらなく緊張しているのを確認しあった。

「おい長髪のクズ野郎。用意はいいか? もしかすると腕が折れて二度とマ

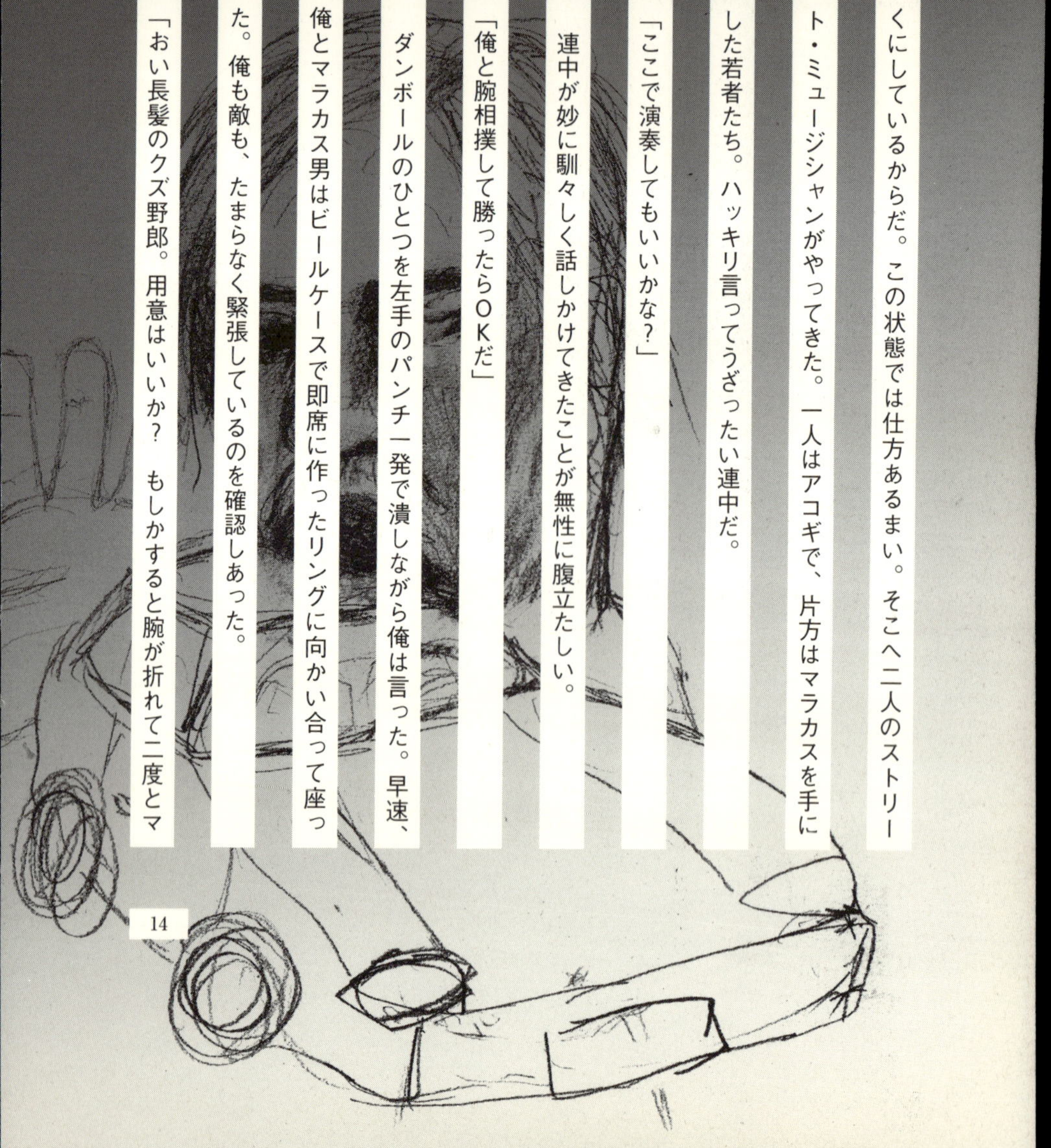

ラカスが振れなくなるかもな」

しかし、結局俺は徹夜明けの疲れた体であることを理由に試合を急遽中止にした。丁重に詫びた上に、俺が作詞作曲した曲の楽譜を渡した。するとその場で連中はその曲を演奏し、大声で歌い始めた。歌詞の内容が、この世界の絶対的な真理を大胆にあばき立てるものであるにもかかわらず、だ——。

「俺たちストリート・ミュージシャンだよ。よろしく」

バイト帰りに路上で寝ていた俺を、アホ面三人組が叩き起こす。必然性もなく起こされれば誰だって不機嫌になるだろう。

「ストリート・ミュージシャン？　笑わせるな。お前ら何もわかっちゃいねえぜ！」

聴きたくもねえ歌と演奏。他人に迷惑かけてねえつもりかよ？　そうでなきゃ、何をしようが勝手なのか？　そんな自己中心人間なんてとっととやめて、他人への気配りと思いやりを忘れないでほしい。特に老人を敬え。目に止まった老人、全員の銅像を作れ。そうすればお前の人生も安らかになって、やがて社会の発展も支え得るようになるのだ。

「ここで演奏したいんだ。だから君はジャマだ。どいてよ」

田舎者まる出しのストリート・ミュージシャンの一人が言う。奴の息が臭

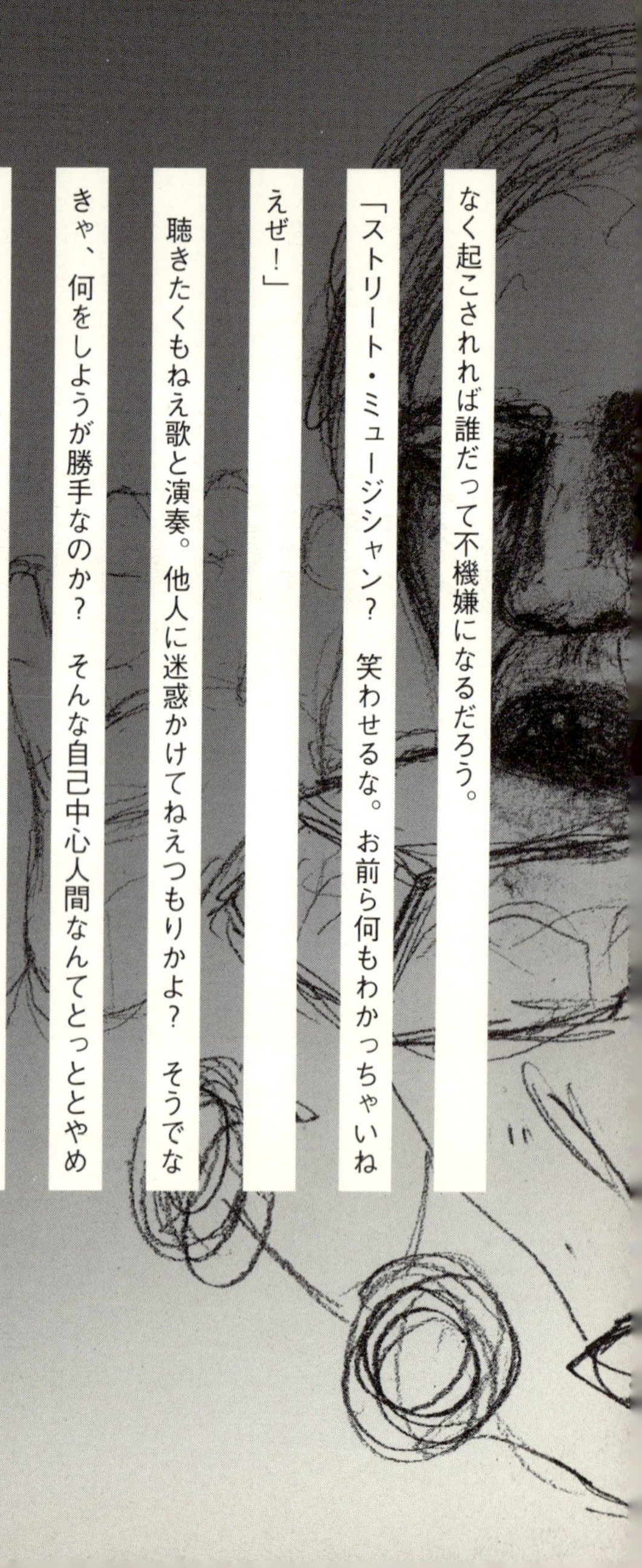

う。

俺には奴が悪臭をバラまく醜いトーテムポールか何かに見える。連中のインディアン・ライクな皮のチョッキと顔のメイクのせいで。

「この際言葉も必要ねえ。お前にガタガタ言ってても始まらねえ」

重い腰を上げて白痴の友達に、ジェスチャーでレクチャー。

「結局、連中には何も伝わらなかったぜ」

苦笑いをしてタバコをふかす俺。静かな夜だ。

無駄な会見を終えて、束の間の安息がやってきた。家具ひとつない殺風景なアパートでの俺の時間。照明のない、本物の暗闇の生活。

突然、玄関のベルが鳴る。

「ハイ、どなた?」

大声で答えながら、いままで解放されていた剥き出しのペニスを急いでジーンズの中に隠す。上半身は裸のままなので、もし背中を相手に見られたらペニスをしまう意味がなくなってしまう。なぜならば俺のペニスを寸分の違いもなく描いた入れ墨が背中にあるからだ。

ドアを開けるとそこには緑のスーツを着た見知らぬ男が立っていた。

「今度、あなたのバイトしてるコンビニの近所の公園で、若いストリート・ミュージシャンたちの楽しいコンサートがあります」

男は顔だけがなんとなく不明瞭で、わかりにくい。ピントが合わないのだ。

「来ますか？」

俺はじっと男の顔を見つめるが、やっぱりハッキリしない。

「楽しいですよ」

楽しいもんか、バカ野郎！　俺は心の中で男を怒鳴りつけた。望んでもねえ歌と演奏を押しつけてカネ寄こせって魂胆だろ？　お前らは地球を破壊しようと宇宙からやってきたインベーダーと同じだ。ただのヤクザだ。恐喝だ。

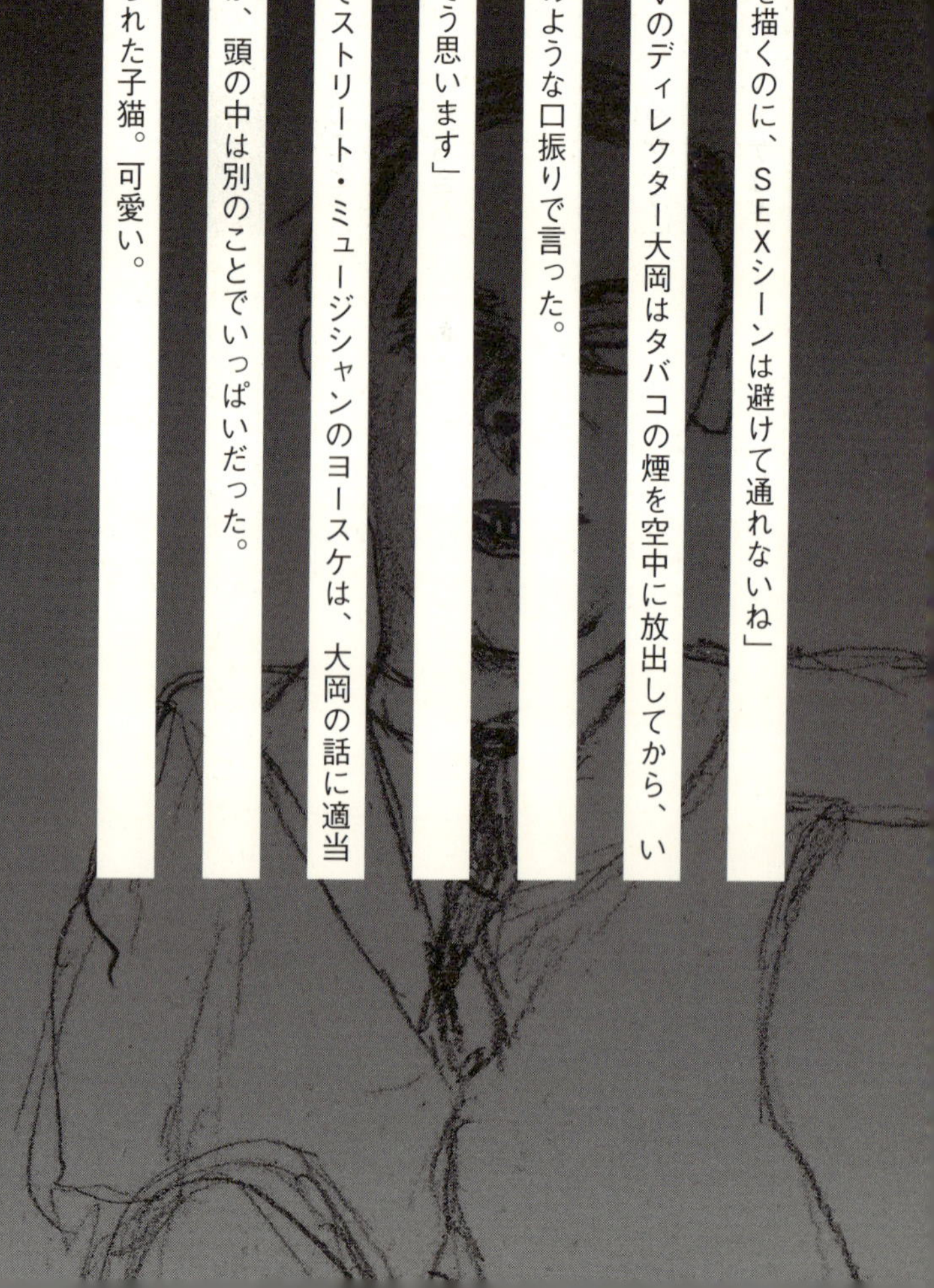

「現代の若者を描くのに、ＳＥＸシーンは避けて通れないね」

喫茶店でＴＶのディレクター大岡はタバコの煙を空中に放出してから、いかにも事情通のような口振りで言った。

「ハイ。僕もそう思います」

現役大学生でストリート・ミュージシャンのヨースケは、大岡の話に適当に受け答えたが、頭の中は別のことでいっぱいだった。

駅前に捨てられた子猫。可愛い。

毎日、スポーツカーに乗った男が子猫を駅前に運んでくる。

「カワイイ！」

女子高生が黄色い声をはり上げ、子猫がキョトンとした表情で顔を出して
いる箱に近づく。
すると、その瞬間に小さな爆破装置が作動する。女子高生の顔は返り血で
汚れる。

そんな残酷な仕掛けのことを、ヨースケは知らない。

TVのスタッフとの打ち合わせが終わると、早速店を出て撮影に入る。一
行は駅前に向かう。

「まだ子猫チャンはいるかな?」

白い壁の前で、ヨースケはギターを取り出す。その3メートルほど離れた

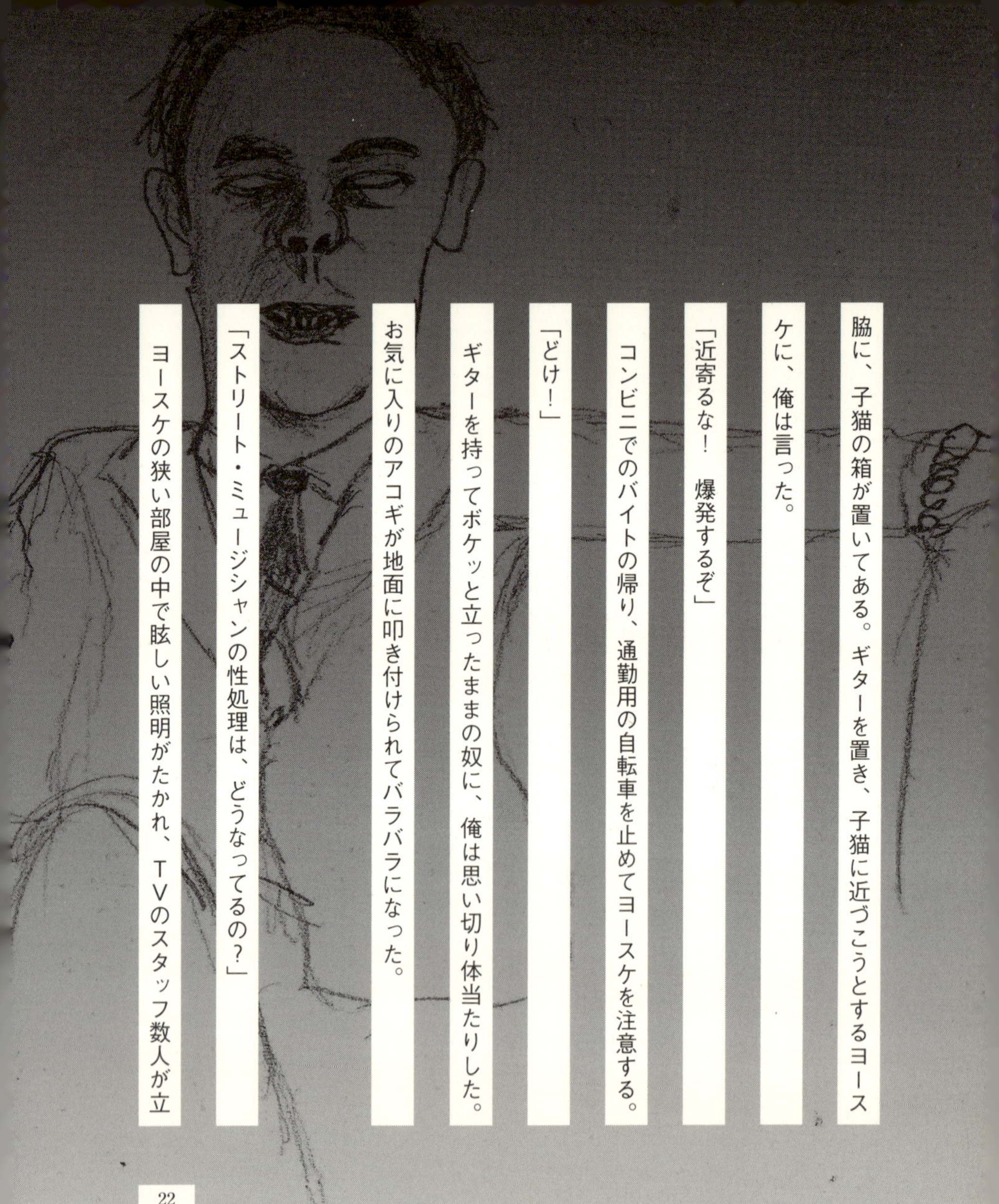

脇に、子猫の箱が置いてある。ギターを置き、子猫に近づこうとするヨースケに、俺は言った。

「近寄るな！　爆発するぞ」

コンビニでのバイトの帰り、通勤用の自転車を止めてヨースケを注意する。

「どけ！」

ギターを持ってボケッと立ったままの奴に、俺は思い切り体当たりした。

お気に入りのアコギが地面に叩き付けられてバラバラになった。

「ストリート・ミュージシャンの性処理は、どうなってるの？」

ヨースケの狭い部屋の中で眩しい照明がたかれ、ＴＶのスタッフ数人が立

っている。ギターが壊れたために、街頭でのライヴを撮影するのは中止になってしまったのだ。

「ねえ」

馴々しく、女のレポーターがヨースケの顔面にマイクを向ける。

「普通の人と同じですョ」

少々照れながら、ヨースケは答えた。そのとき、ディレクターの大岡が命令するような威圧感を発しながら、片手をコップを持ったような形にして激しく上下に振る。

ヨースケは大岡の指示を無視して、無言で照明機材の放つ白い光を見つめる。

個性なんて必要じゃない。髪は全員長髪で、非常にタイトな服を着ている。

しょっちゅう店に来て酒を飲んでいるが、べつに暴れたりするわけではない。

本当は気のいい連中なのだ。

「あいつらのありのままの姿を受け入れろ」

店長の佐竹が俺に言う。

街角での演奏からのし上がったバンド、ザ・シャーク。連中は俺のバイトしているコンビニの前でタムロする。会話をよく盗み聞きしたところ、ひと

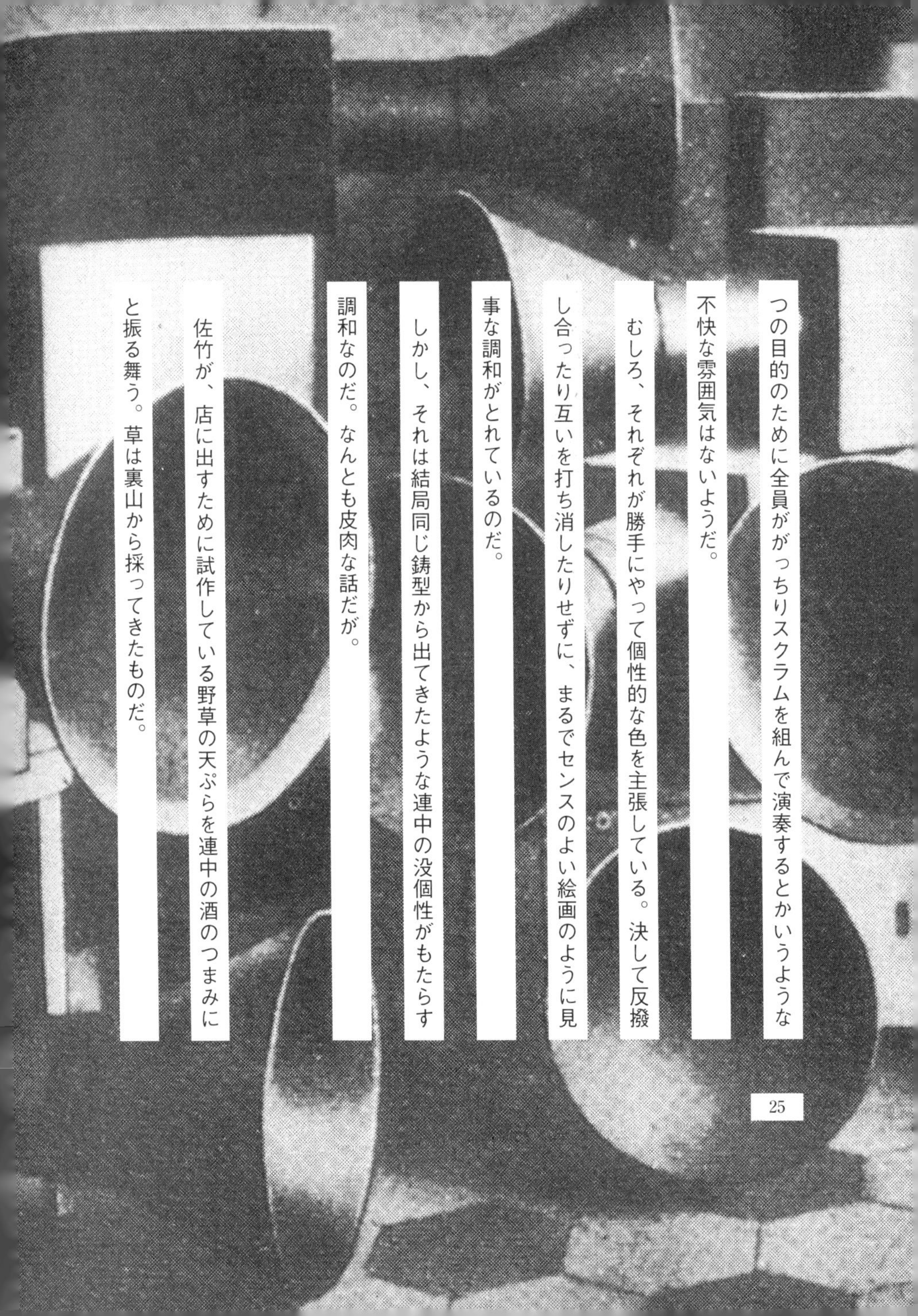

つの目的のために全員ががっちりスクラムを組んで演奏するとかいうような不快な雰囲気はないようだ。

むしろ、それぞれが勝手にやって個性的な色を主張している。決して反撥し合ったり互いを打ち消したりせずに、まるでセンスのよい絵画のように見事な調和がとれているのだ。

しかし、それは結局同じ鋳型から出てきたような連中の没個性がもたらす調和なのだ。なんとも皮肉な話だが。

佐竹が、店に出すために試作している野草の天ぷらを連中の酒のつまみにと振る舞う。草は裏山から採ってきたものだ。

「食べてよ、ほら。おいしいから」

気さくなはずだった連中の態度が変わった。

「そこに置いとけ！」

突然の乱暴な接し方にオドオドしながら、佐竹は天ぷらの載った皿を店の前のゴミ箱の上に置く。

連中はげらげらと下品に笑い、一人がパンツを下げて性器を露出させる。なぜか緊迫した雰囲気があたりを支配しはじめる。一本のペニスが平凡なコンビニの店先を、異次元へと誘う。そしてゴミ箱の上の野草の天ぷらが盛られた皿を性器で突いた。

「あちちっ」

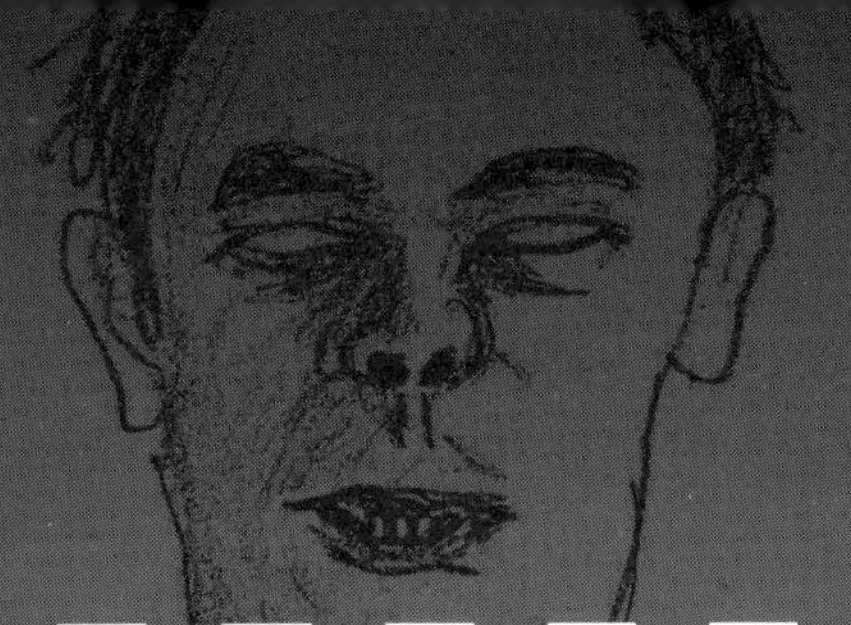

ふたたび彼らはげらげらと笑った。

さっきまでの緊迫感は消えて、いかにもストリート・ミュージシャンらしい陽気なアウトサイダーぶりが周囲に明るい笑いを提供したのだ。とはいえコンビニの店先には犬を連れた老人と彼らのほか誰もいなかったが。

その無軌道ぶりに触発されて、老人は犬にライターで火を点けた。火だるまになった四つん這いの生き物は猛スピードで車道のほうへと走った。そしてガソリンスタンドへと突進したと同時に大爆発が起こったのだった。すべては目にも止まらぬ速さで進行した。

店長の佐竹はザ・シャークの連中が気のいい人間たちだと思っていたのを

裏切られて、本当に気が滅入って一日中、一言も口にしなかった——。

その後突然、ザ・シャークの人気は急降下し、連中はストリートに舞い戻ってきた。やさぐれた奴らがふたたび、路上にて吠える。

♪ON THE ROAD

我慢しきれず 立ち小便 OH!

掃除もせずに帰っちゃう YEAH!

おそれ入りますが、切手をお貼り下さい。

107-0062
東京都港区南青山3-3-24

(株)リトル・モア行
Little More

ご住所　〒

お名前（フリガナ）

ご職業

□男　□女　才

メールアドレス

小社の本が店頭で手に入りにくい場合は、直接小社に郵便振替か現金書留で本の税込価格に送料を添えてお申し込み下さい。

送料は、
税込価格5000円まで ――――350円
税込価格9999円まで ――――450円
税込価格10000円以上は無料になります。

振替:口座番号＝00140-4-87317
加入者:(株)リトル・モア

http://www.littlemore.co.jp

ご購読ありがとうございました。
今後の資料とさせていただきますので
アンケートにご協力をお願いいたします。

Little More VOICE

書名

ご購入書店

市・区・町・村　　　　　　　　書店

本書をお求めになった動機は何ですか。

□新聞・雑誌などの書評記事を見て（媒体名　　　　　　　　）
□新聞・雑誌などの広告を見て
□友人からすすめられて
□店頭で見て
□ホームページを見て
□著者のファンだから
□その他（　　　　　　　　）

最近購入された本は何ですか。（書名　　　　　　　　）

本書についてのご感想をお聞かせ下されば、うれしく思います。
小社へのご意見・ご要望などもお書き下さい。

ご協力ありがとうございました。

連中の大ヒット・ナンバー『俺たちのON THE ROAD』が以前はあれだけ覇気に満ちたものに聴こえたのに、いまではなんだか栄養失調の小学生が無理矢理歌いたくない歌を政治家に強要されているような、陰気な曲になってしまっていた。

夜、シャッターの降りたデパートの前で演奏する奴らを、通行人は全員冷たく無視。実際には本気で怒りだすサラリーマン（「この薄汚ねえ田舎者のドン臭え歌をなんとかしろ！」と叫び散らし、尿を浸した新聞紙を演奏中のメンバーに投げつけた）もいたぐらいだから、その場を通りかかった皆が連中を無視したわけではないが……。

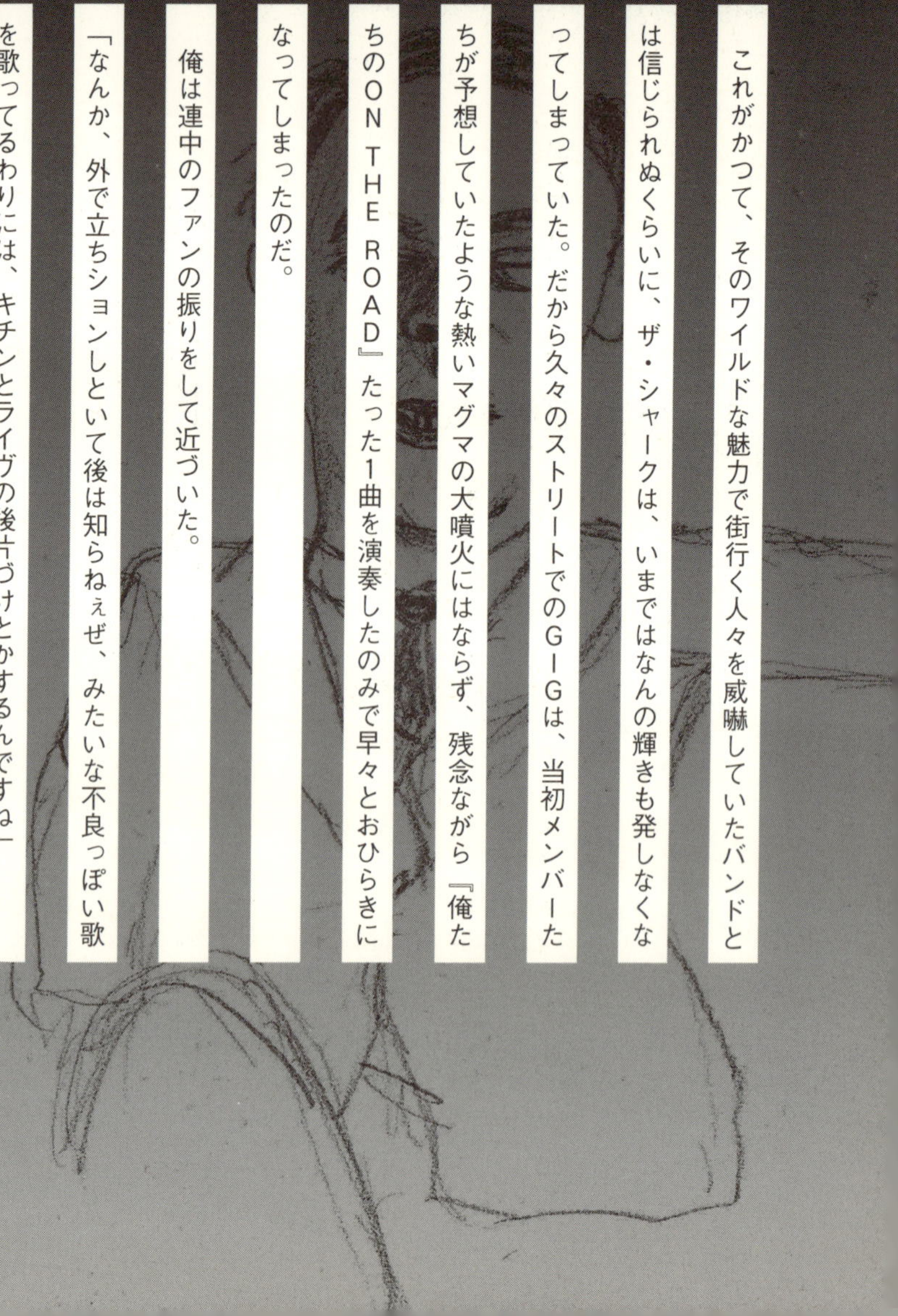

これがかつて、そのワイルドな魅力で街行く人々を威嚇していたバンドとは信じられぬくらいに、ザ・シャークは、いまではなんの輝きも発しなくなってしまっていた。だから久々のストリートでのGIGは、当初メンバーたちが予想していたような熱いマグマの大噴火にはならず、残念ながら『俺たちのON THE ROAD』たった1曲を演奏したのみで早々とおひらきになってしまったのだ。

俺は連中のファンの振りをして近づいた。

「なんか、外で立ちションしといて後は知らねぇぜ、みたいな不良っぽい歌を歌ってるわりには、キチンとライヴの後片づけとかするんですね」

非常に高価そうなギター・アンプを、必死になって機材車に積み込もうと

しているギタリストの洋二に話しかけてみた。

「うるせえ、黙ってろよ！」

殺気立った返答に、俺はきょとんとしたびっくりまなこで返した。

「おい、もうすぐ時代は21世紀になろうとしてんだぜ！　もう醜い睨み合いはゴメンだぜ、なぁ、兄弟」

連中はすでにさっさと片づけを終わらせて、機材車に乗り込んでいた。俺にはもうザ・シャークのことなんか本当にどうでもよかった。どうせコエ溜め臭えド田舎から来たカッペがイキがってるだけさ。眼中にねえぜ。誰かに去勢でもされて死んじまえよ全員。

機材車が薄汚い排気ガスを撒き散らして去っていく。そして空からポツポ

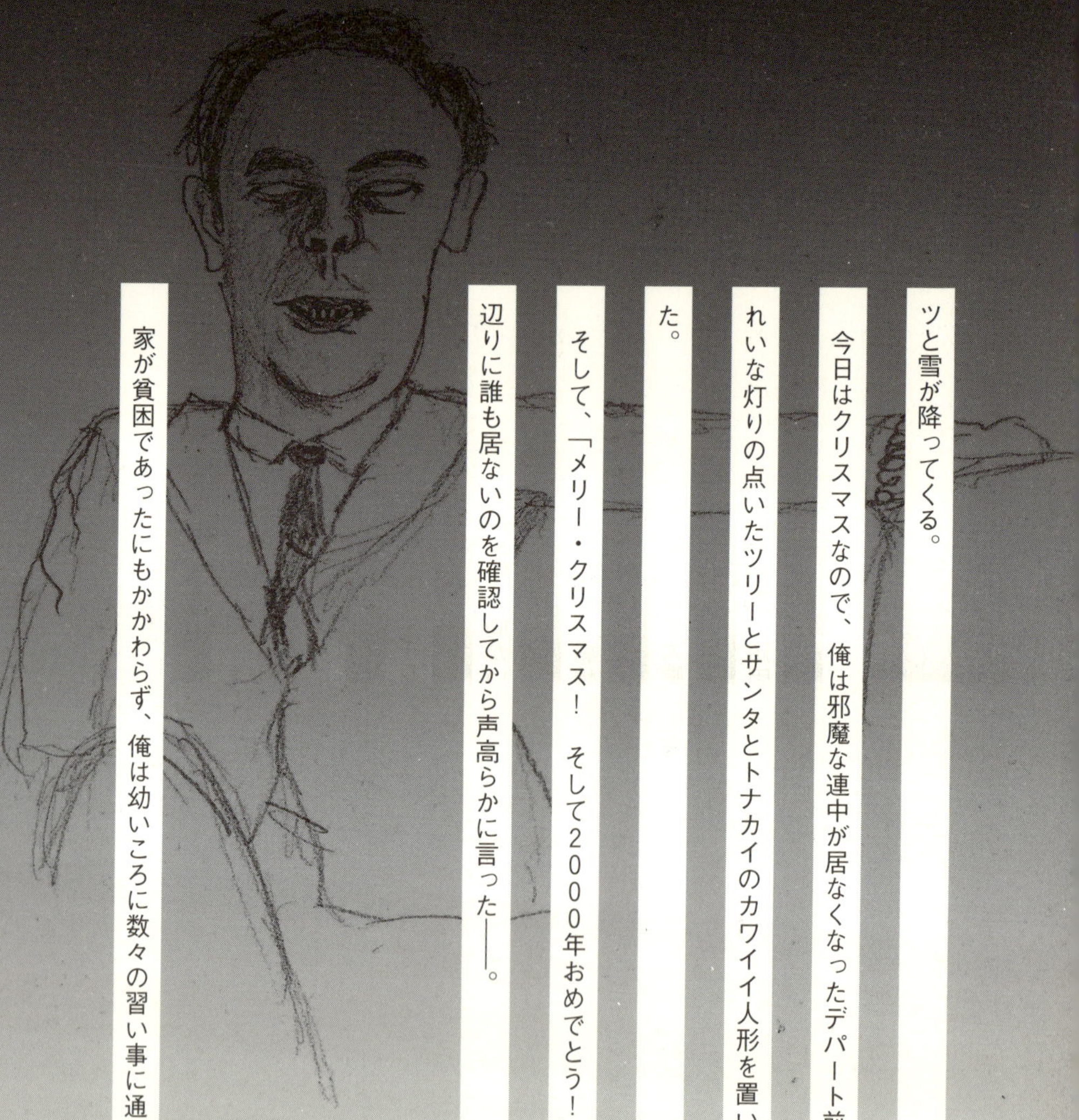

ツと雪が降ってくる。

今日はクリスマスなので、俺は邪魔な連中が居なくなったデパート前にきれいな灯りの点いたツリーとサンタとトナカイのカワイイ人形を置いてみた。

そして、「メリー・クリスマス！　そして2000年おめでとう！」と、辺りに誰も居ないのを確認してから声高らかに言った——。

家が貧困であったにもかかわらず、俺は幼いころに数々の習い事に通った。

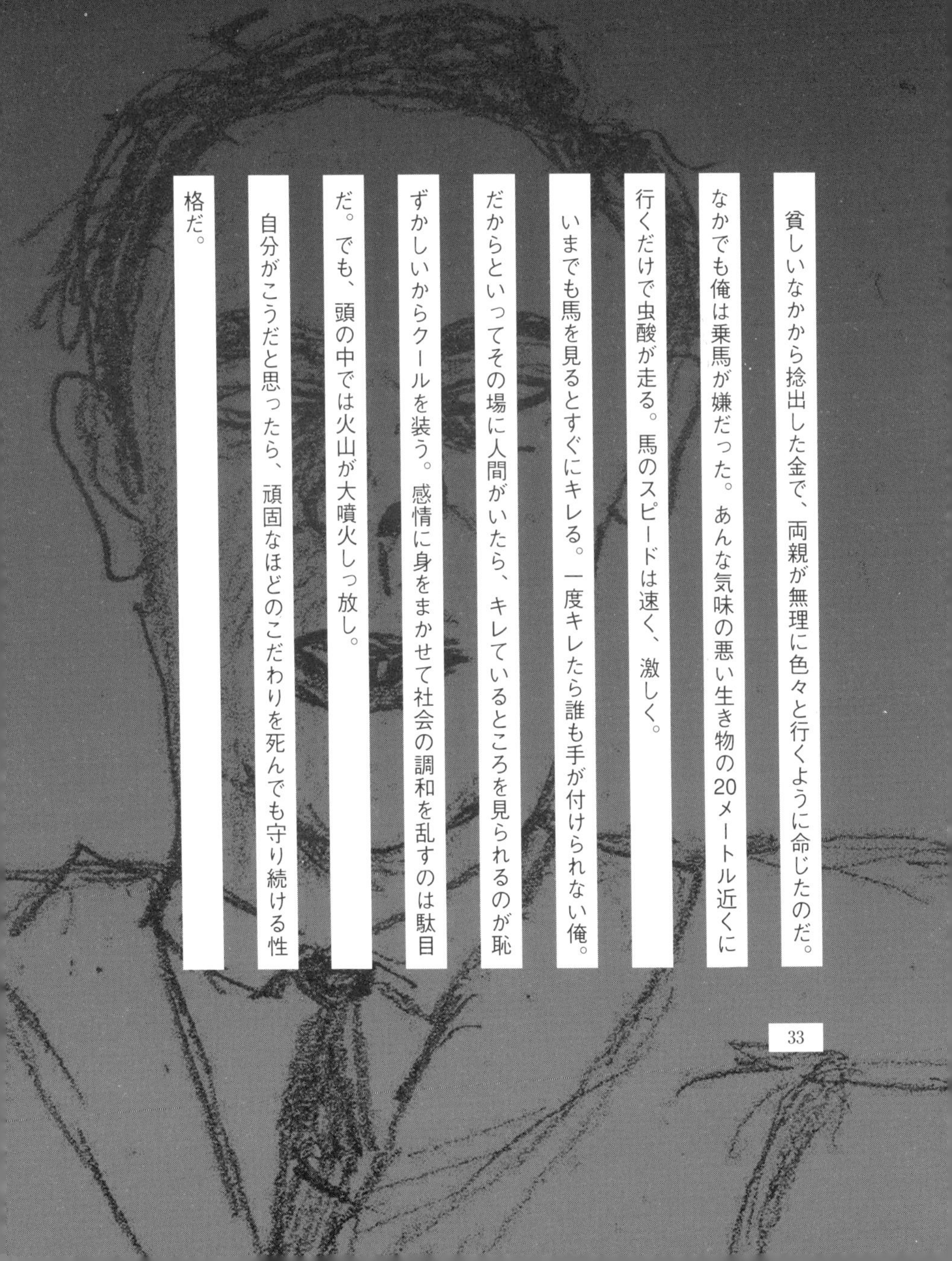

貧しいなかから捻出した金で、両親が無理に色々と行くように命じたのだ。

なかでも俺は乗馬が嫌だった。あんな気味の悪い生き物の20メートル近くに行くだけで虫酸が走る。馬のスピードは速く、激しく。

いまでも馬を見るとすぐにキレる。一度キレたら誰も手が付けられない俺。

だからといってその場に人間がいたら、キレているところを見られるのが恥ずかしいからクールを装う。感情に身をまかせて社会の調和を乱すのは駄目だ。でも、頭の中では火山が大噴火しっ放し。

自分がこうだと思ったら、頑固なほどのこだわりを死んでも守り続ける性格だ。

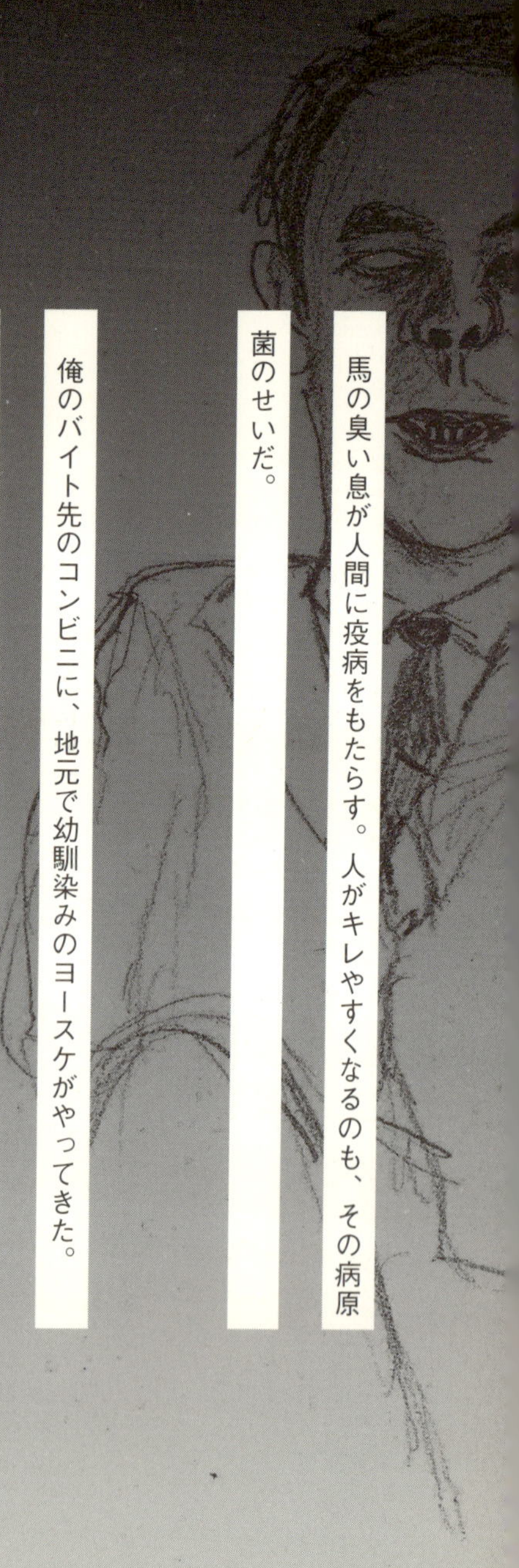

馬の臭い息が人間に疫病をもたらす。人がキレやすくなるのも、その病原菌のせいだ。

俺のバイト先のコンビニに、地元で幼馴染みのヨースケがやってきた。

「俺は『週刊ストリート・ニュース』っていう雑誌の編集長をやってるんだ」

あれだよ、と無言で雑誌コーナーのラックを指さす。

「いまストリートで起こってる出来事や、そこにいる人間たちの生の声が、俺のやってる雑誌の素材になってる」

レジの前に来る寸前まで雑誌コーナーで大量のヘアヌードを見ていたせいか、ヨースケのジーンズが異常な突起を見せている。ここから出してくれ、

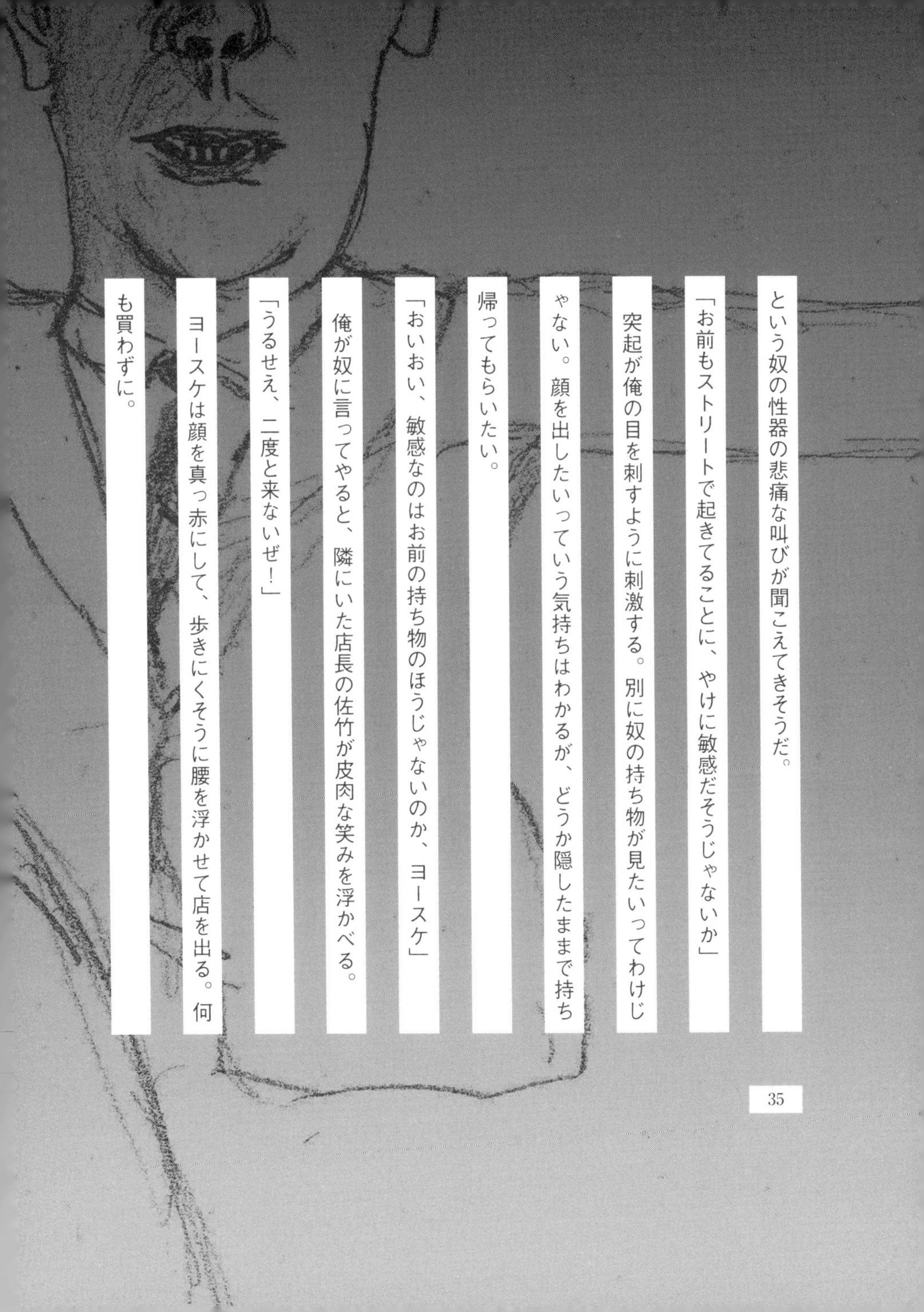

という奴の性器の悲痛な叫びが聞こえてきそうだ。

「お前もストリートで起きてることに、やけに敏感だそうじゃないか」

突起が俺の目を刺すように刺激する。別に奴の持ち物が見たいってわけじゃない。顔を出したいっていう気持ちはわかるが、どうか隠したままで持ち帰ってもらいたい。

「おいおい、敏感なのはお前の持ち物のほうじゃないのか、ヨースケ」

俺が奴に言ってやると、隣にいた店長の佐竹が皮肉な笑みを浮かべる。

「うるせえ、二度と来ないぜ！」

ヨースケは顔を真っ赤にして、歩きにくそうに腰を浮かせて店を出る。何も買わずに。

「確かにうちはどこよりも成人雑誌が揃ってるが、ああいうハレンチな連中は入店お断りだよ。今度から体温センサーを雑誌コーナーに取り付けて、やたらと勃起させてる奴は皆去勢してやるかな。まずバットかなんかでブン殴って気を失わせて……」

佐竹がやたら熱くなって独りでプランを話しはじめたが、俺は売れ残りの競馬新聞を処分する作業のせいで頭がカッカして全然話を聞いていない——。

自分の内面の弱さを、じっくりと見つめよう。そうすればどんな部分を他

人に助けてもらえばいいのかわかる。甘い汁を吸って成功した連中は皆そうしてビッグになった。

まさにいま売り出し中の若手俳優、徹也に会った。奴は野生味あふれる浅黒い肌で、カウボーイ風ファッションに身を包んでいて、他人からは何も考えていないように見えるが、「いつどんな時にやってくるかわからないチャンスに自分から飛び込む心の準備はいつでもできている」というのだから、なんともしたたかな若者なのだ。俺は奴と話していて強くそう思った。

「僕はまず自分のやること成すことを、自分自身で誉めることから始めたんだ」

「このくらい、僕ならできて当たり前。失敗してもガハハと笑って忘れればいいさ」

公園の公衆便所の前で、俺は徹也の話を一生懸命メモする。メモして、それを元に文章にしたところで別段雑誌に載るわけでもない。コンビニで働く俺なんかどの雑誌も相手にするものか。何かに打ち込むことそのものが大切なのであって、それが字が汚すぎて自分でも読めないようないいかげんなメモを取ることでも構わないのだ。

「本物の俳優になるために、とくにどんなことに気を付けてる？」

「ファッションに歴史的なアイデンティティーを持たせることかな。いま、こういうウエスタンぽい格好してるけど、次の日インディアンみたいなの着てたら何か矛盾してると思わない？　奴らは本当だったら敵だよ、敵。少な

くともそう思い込むことが演技の勉強につながってくるよね」

半ば話に飽きてきたので、空を飛んでいるカラスとかを眺めて全然メモを取らなかった。

夢中で自分のことを語る徹也がだんだんと俺の視界からボケてきて、奴の背後にある公衆便所にやたら大勢の人たちが群がっているのが気になった。いつの間にか俺は徹也を放置して人だかりのなかに入っていった。

それは、男根を象ったコンクリート製の像が男子便所の屋根の上に設置されたので、記念に役所の土木課の人たちや議員がやってきて用を足しているところであった。便所から出てきてすぐ、洗ったばかりの手で全員握手し合った。

「最近の人たちは恥ずかしがり屋が多くて、なかなか公衆トイレを使ってくれません。このままでは街は汚れる一方です」

そういった趣旨の会話がひとしきり交わされ、用が終われば終わったで役所の人間たちは即刻帰った。その後、しばらくは誰も公衆便所の半径50メートルにさえ近づかず、まだ誰の視界にも入ってない有り様。ただ男根の像の先に何羽かのカラスがとまっているだけだった。彼らの撒き散らす白い糞が、男根の像からほとばしった精液のようで嫌らしい——。

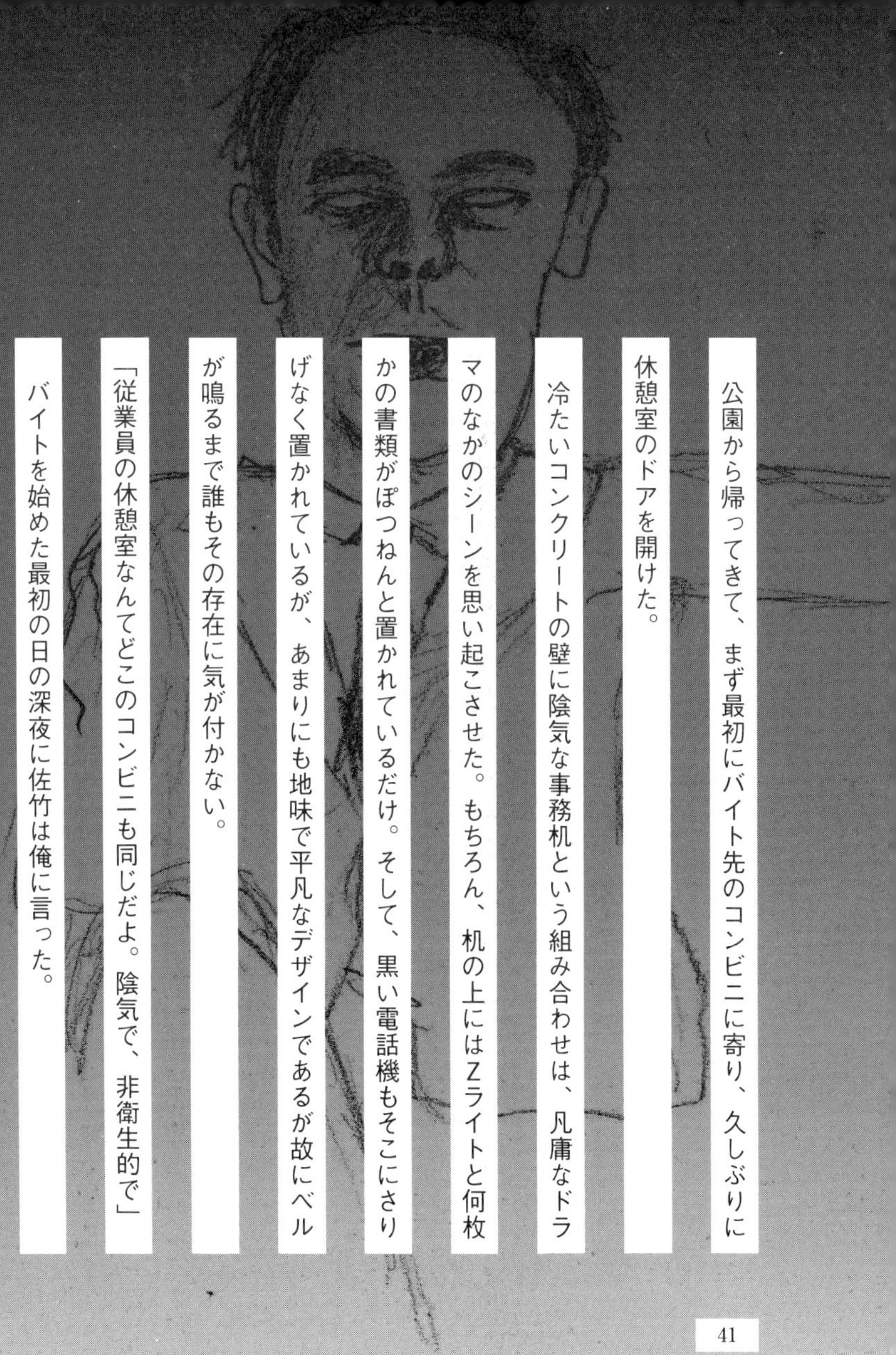

公園から帰ってきて、まず最初にバイト先のコンビニに寄り、久しぶりに休憩室のドアを開けた。

冷たいコンクリートの壁に陰気な事務机という組み合わせは、凡庸なドラマのなかのシーンを思い起こさせた。もちろん、机の上にはZライトと何枚かの書類がぽつねんと置かれているだけ。そして、黒い電話機もそこにさりげなく置かれているが、あまりにも地味で平凡なデザインであるが故にベルが鳴るまで誰もその存在に気が付かない。

「従業員の休憩室なんてどこのコンビニも同じだよ。陰気で、非衛生的で」

バイトを始めた最初の日の深夜に佐竹は俺に言った。

「だいたい、誰もこの部屋は使わないしね」

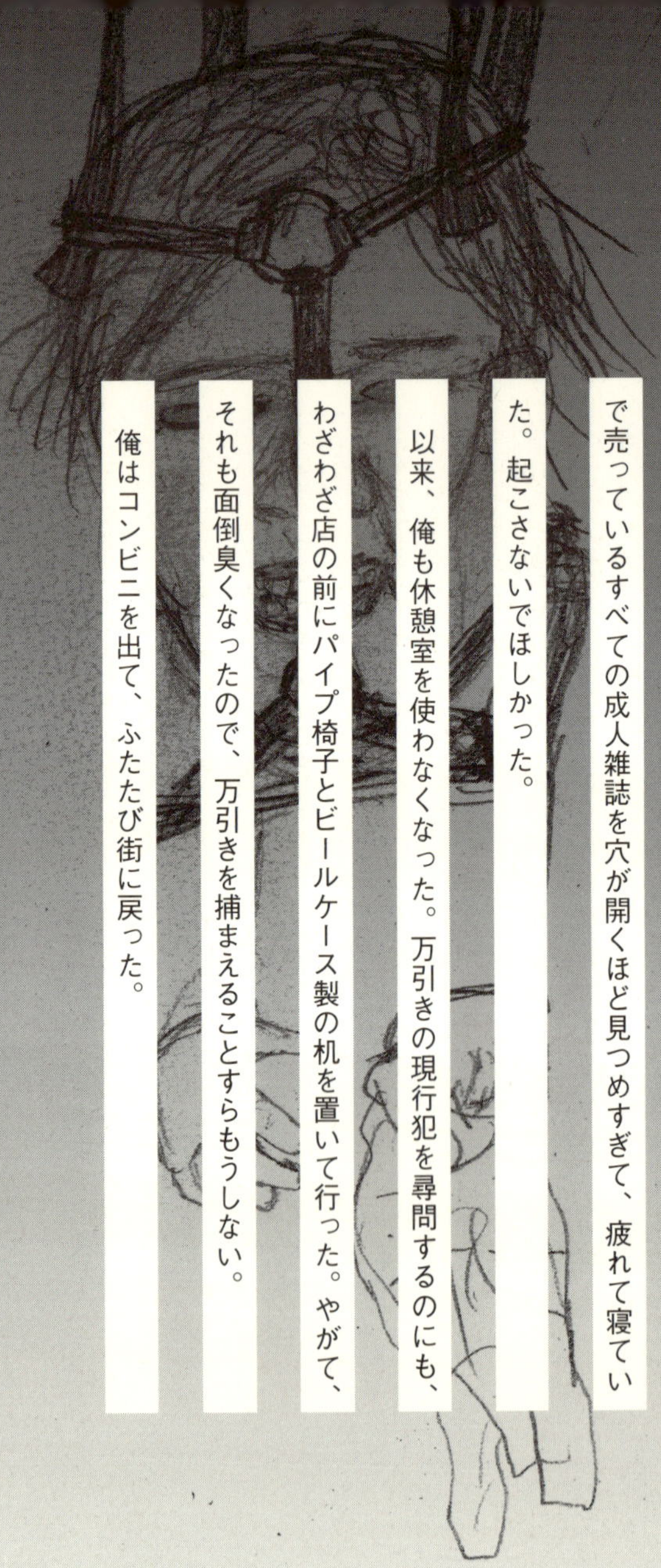

ロッカールームで着替えをする佐竹の声が聞こえてきて、茶色い革張りの長椅子の上で仮眠中の俺が目を覚ましたのを覚えている。勤務初日から、店で売っているすべての成人雑誌を穴が開くほど見つめすぎて、疲れて寝ていた。起こさないでほしかった。

以来、俺も休憩室を使わなくなった。万引きの現行犯を尋問するのにも、わざわざ店の前にパイプ椅子とビールケース製の机を置いて行った。やがて、それも面倒臭くなったので、万引きを捕まえることすらもうしない。

俺はコンビニを出て、ふたたび街に戻った。

「どうやらノーブラのほうが殿方たちの視線をクギ付けにできるようね」

歩調に合わせて胸が派手に揺れる女が、誰にも聞こえない小声で独り言を言う。それが駅前のベンチに座っている俺の耳に入った。

「さっきのあの女の人は何なんですか?」

可愛い犬のぬいぐるみを抱えた、これまた可愛い五歳ぐらいの坊やがこっちへやってきて訊ねる。眉間に皺を寄せて俺は完全に無視。

気が付くとすべての人間の存在がうっとうしくなりはじめていたのだ。

興奮しながら佐竹はたまたま持っていた小型ラジオのスイッチを入れる。

もちろん、ヴォリュームはフルにしてあるが、チューニングをどの局にも合わせてないのでキューーッという音がするだけ。

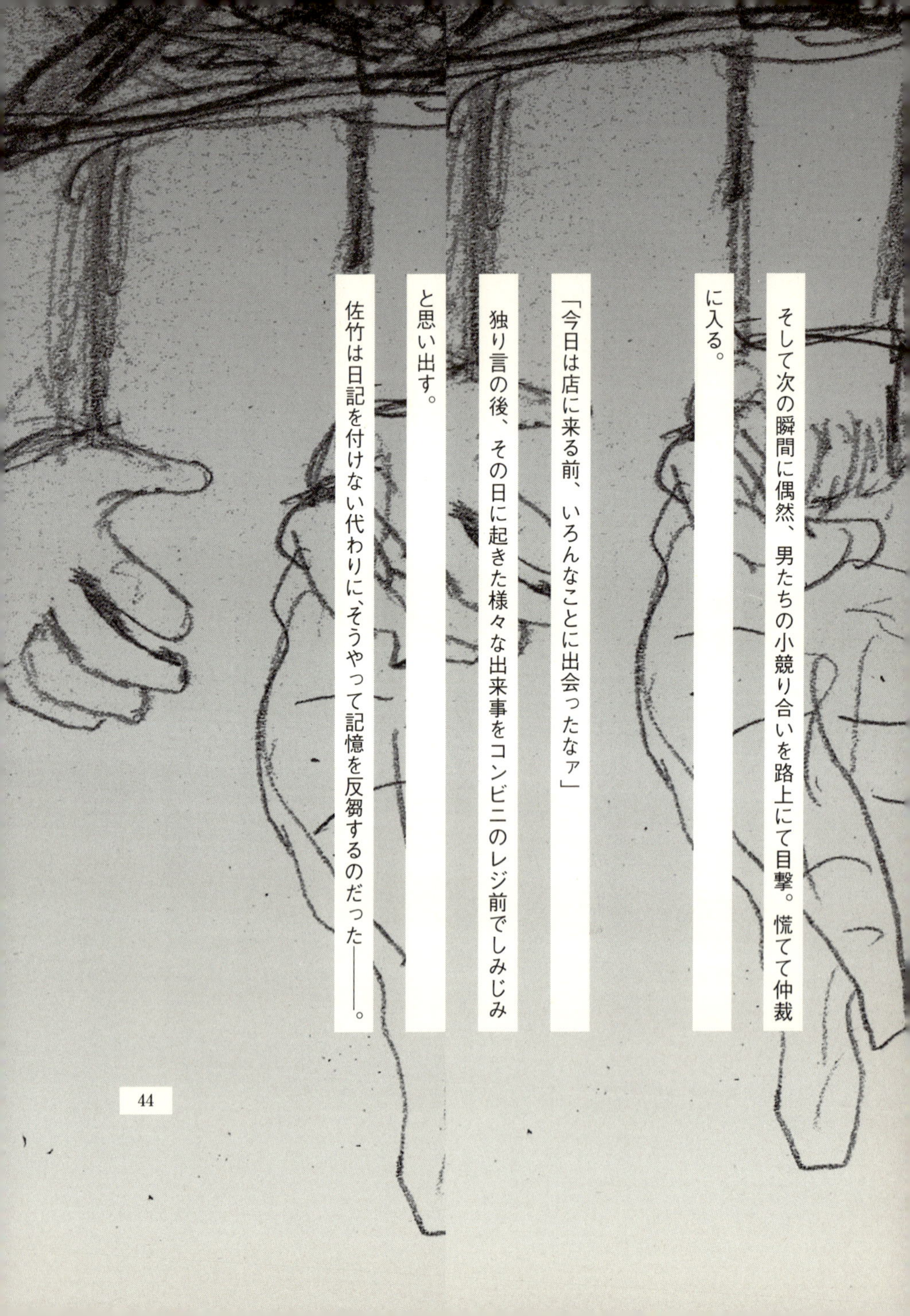

そして次の瞬間に偶然、男たちの小競り合いを路上にて目撃。慌てて仲裁に入る。

「今日は店に来る前、いろんなことに出会ったなァ」

独り言の後、その日に起きた様々な出来事をコンビニのレジ前でしみじみと思い出す。

佐竹は日記を付けない代わりに、そうやって記憶を反芻するのだった——。

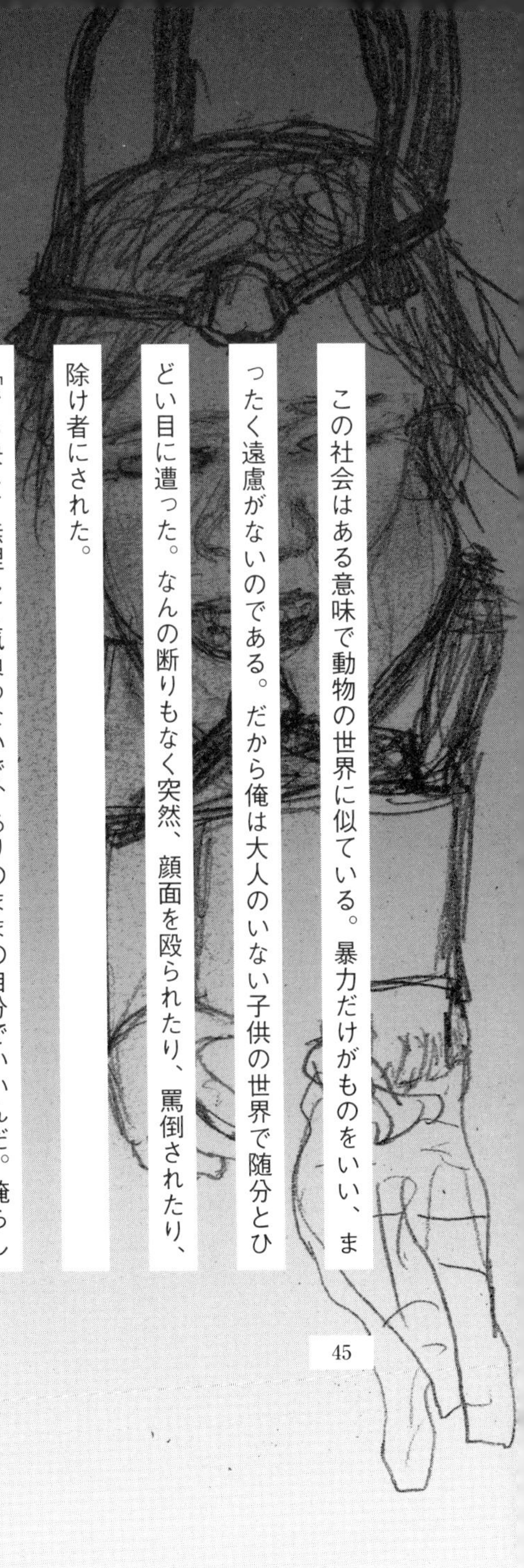

この社会はある意味で動物の世界に似ている。暴力だけがものをいい、まったく遠慮がないのである。だから俺は大人のいない子供の世界で随分とひどい目に遭った。なんの断りもなく突然、顔面を殴られたり、罵倒されたり、除け者にされた。

「でも決して無理して気負わないで、ありのままの自分でいいんだ。俺らしく、これからもやっていこうぜ！」

公園のベンチで俺が過去を思い出しながらそう決意した途端、目の前にあった噴水から水が勢いよく吹き出た。どうやら内部のメカニズムが壊れたらしく、予定外の量の水が出て、噴水のまわりにいた人々は全員ズブ濡れになった。タバコを喫っていたサミー・デイヴィス・ジュニア似（というか限り

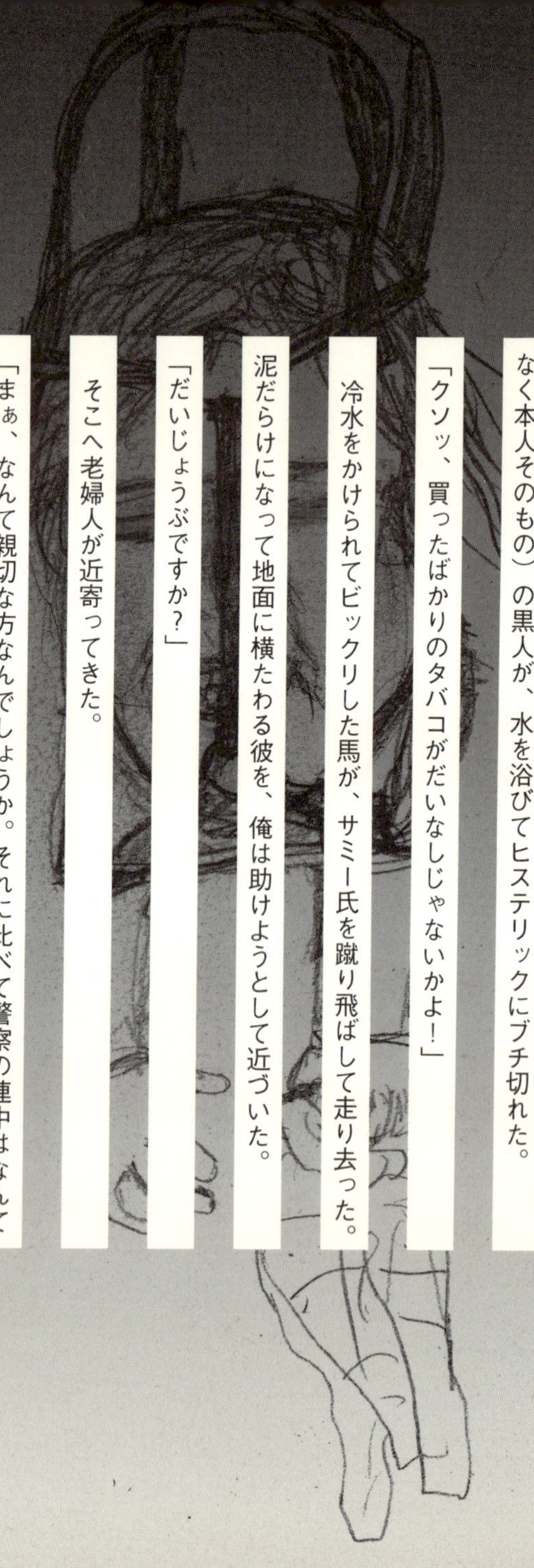

なく本人そのもの）の黒人が、水を浴びてヒステリックにブチ切れた。

「クソッ、買ったばかりのタバコがだいなしじゃないかよ！」

冷水をかけられてビックリした馬が、サミー氏を蹴り飛ばして走り去った。

泥だらけになって地面に横たわる彼を、俺は助けようとして近づいた。

「だいじょうぶですか？」

そこへ老婦人が近寄ってきた。

「まぁ、なんて親切な方なんでしょうか。それに比べて警察の連中はなんて最悪なんでしょう。誰かがきつーいお灸をすえてやらんといけませんね。ピストルとか人殺し用の棍棒を取りあげてまったく抵抗できなくしたうえで、刃物でメッタ刺しにして、性器とかを切断したあとに電車の線路の上に放置しなきゃダメみたいね」

「いやまったくです。あの連中は全員ブチ殺してやったほうがいいです、一度は。ああいう暴力団まがいの奴らに税金を払っているのかと思うと腹が立ちます。どんな善良な市民でも連中に対する怒りのあまり、罪のない幼児とかを乗用車で何度も轢き殺したくなりますよ。だから、要するに警察があるから人は犯罪とか犯したくなるんですね」

「そうそう。いいこと言うわね、お兄さんは。私はもう我慢できないわ」

老婦人はその辺に武器になるような鉄パイプや首縛り用の荒縄が落ちていないか必死になって探しはじめたが、どう考えてもそんな便利なものは落ちていなかった。

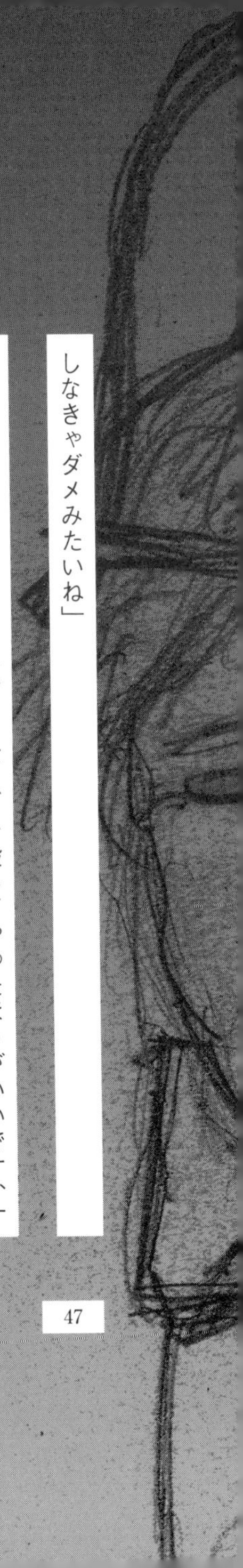

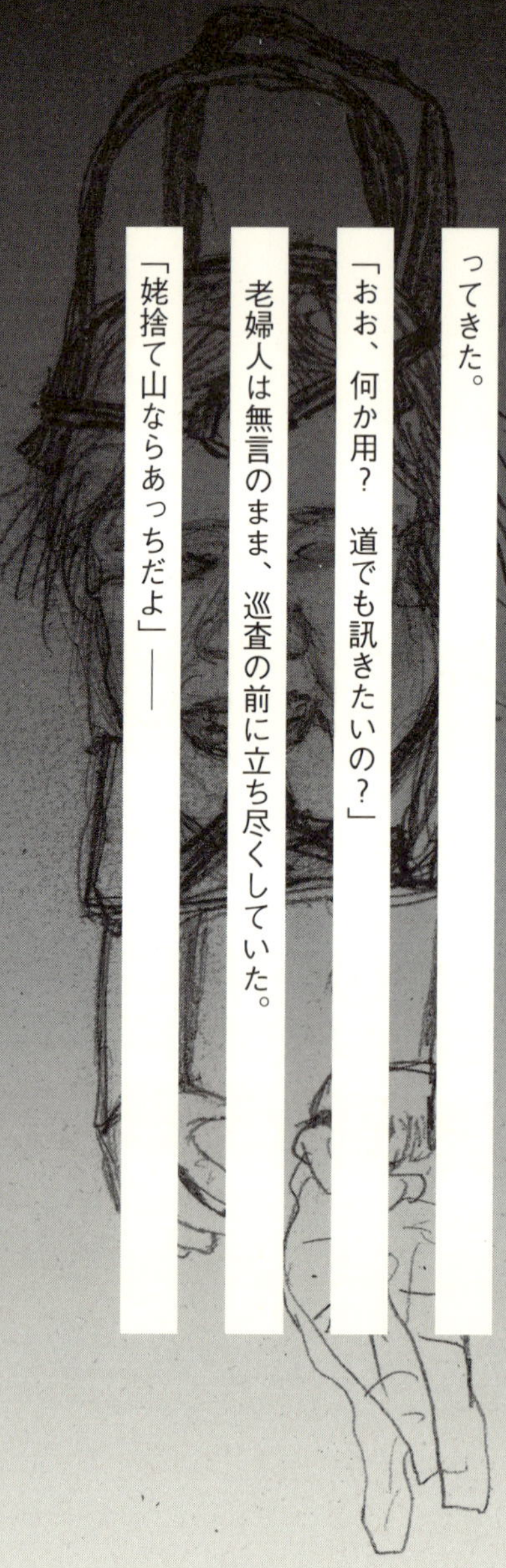

するとサミー氏は紳士らしい態度で老婦人に飛び出しナイフを手渡した。

夕暮れ時の交番で、大塚巡査が呑気に茶を飲んでいるところへ老婦人がやってきた。

「おお、何か用？　道でも訊きたいの？」

老婦人は無言のまま、巡査の前に立ち尽くしていた。

「姥捨て山ならあっちだよ」――

最近は以前のような陽気な気分になんて決してなれない。常に自己嫌悪に陥り、他人と会わないように地味な生活を心がけていた。

久しぶりの休日。祖母の誕生日を祝いに、病院へ行った。一か月前の予約がないと買えないという評判の、たいへん美味しいケーキを持参した。

真っ昼間、交差点で信号が青に変わるのを待っていたとき、背後からゾッとするような女の笑い声が聞こえた。急いで振り返ってみるがそこには誰もいない。

病院には、ちょうど3時のオヤツの時間に到着したが、そのときに受付の看護婦から祖母の突然の訃報を聞かされた。俺は悲しむよりもまず素直に驚

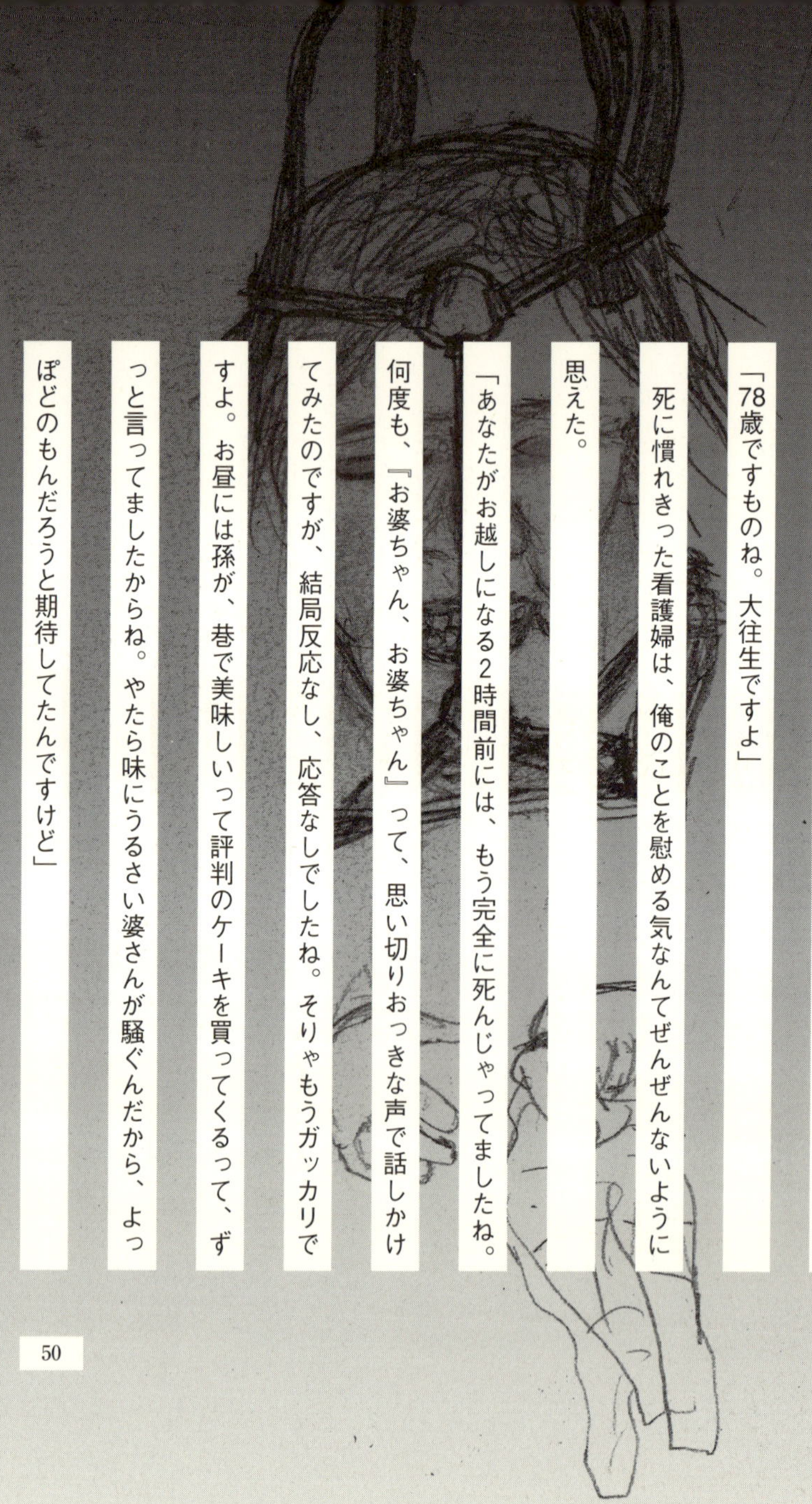

いて、そして呆然と立ち尽くした。

「78歳ですものね。大往生ですよ」

死に慣れきった看護婦は、俺のことを慰める気なんてぜんぜんないように思えた。

「あなたがお越しになる2時間前には、もう完全に死んじゃってましたね。何度も、『お婆ちゃん、お婆ちゃん』って、思い切りおっきな声で話しかけてみたのですが、結局反応なし、応答なしでしたね。そりゃもうガッカリですよ。お昼には孫が、巷で美味しいって評判のケーキを買ってくるって、ずっと言ってましたからね。やたら味にうるさい婆さんが騒ぐんだから、よっぽどのもんだろうと期待してたんですけど」

いままで病気ひとつしなかった祖母は、最後まで一貫して現代医学に対して懐疑的な姿勢であった。点滴や食事を拒み、甘い菓子だけを欲しがった。だから死んだ。苦悩と悔恨に満ちた人生。とくに祖母に関する昔の陰気な話を親から聞かされた覚えはない。だが、きっとそんな過酷な生き様だったに違いない。人生が終わって、ようやく安堵のときを迎えたかのような穏やかな最期。だが、厳密にはその瞬間に居合わせたわけではないが、恐らく祖母が目を永久に閉じた時、瞼の裏のスクリーンが過去の残酷な現実を勝手にプレイバックさせはじめたので、たいへんに不愉快な気分になったのだろう。死ぬ間際、祖母の喉奥から低い唸り声に似た呪いの言葉が力強く放たれるのを、隣の病室で寝ていた小学校低学年の男の子が聞いたはずだ。

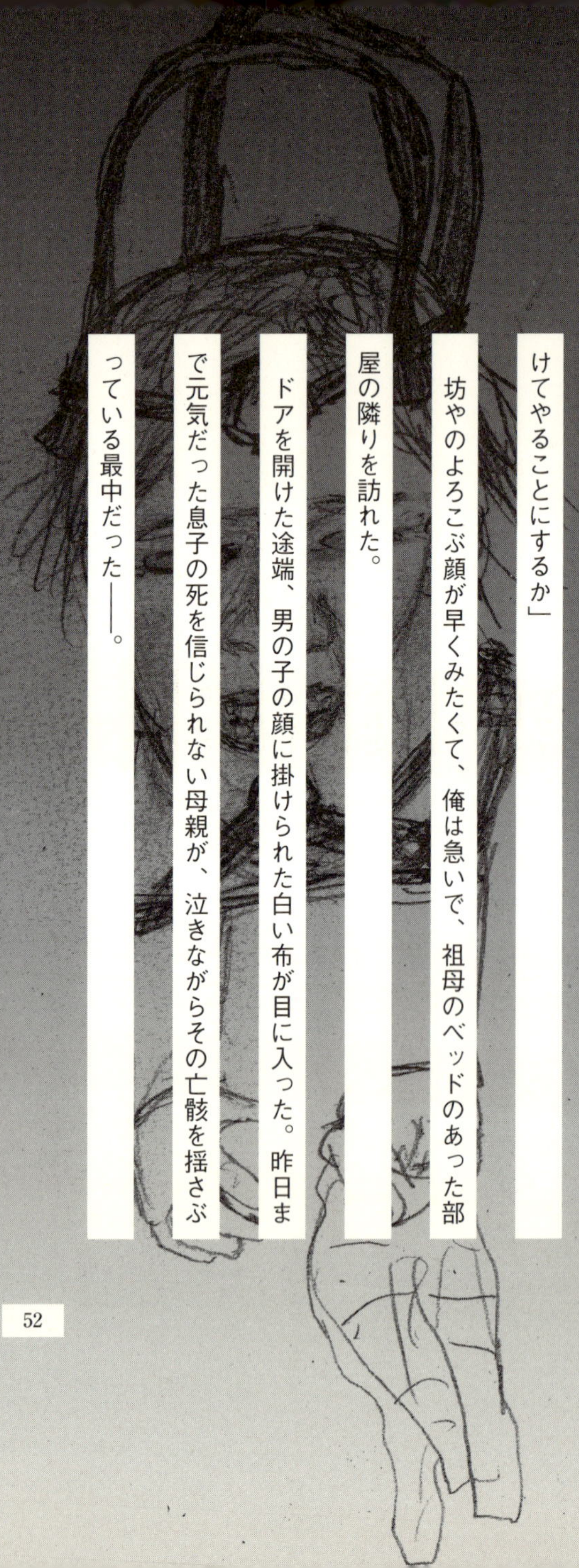

「いくら男の子だからといっても、さすがに死者が息も絶えだえに呟いた不明瞭な言葉を間違って聞いてしまったら、暫くは死ぬほど怯えて余計に具合が悪くなってしまうだろうから、この高価なケーキでも食べさせて、元気付けてやることにするか」

坊やのよろこぶ顔が早くみたくて、俺は急いで、祖母のベッドのあった部屋の隣りを訪れた。

ドアを開けた途端、男の子の顔に掛けられた白い布が目に入った。昨日まで元気だった息子の死を信じられない母親が、泣きながらその亡骸を揺さぶっている最中だった――。

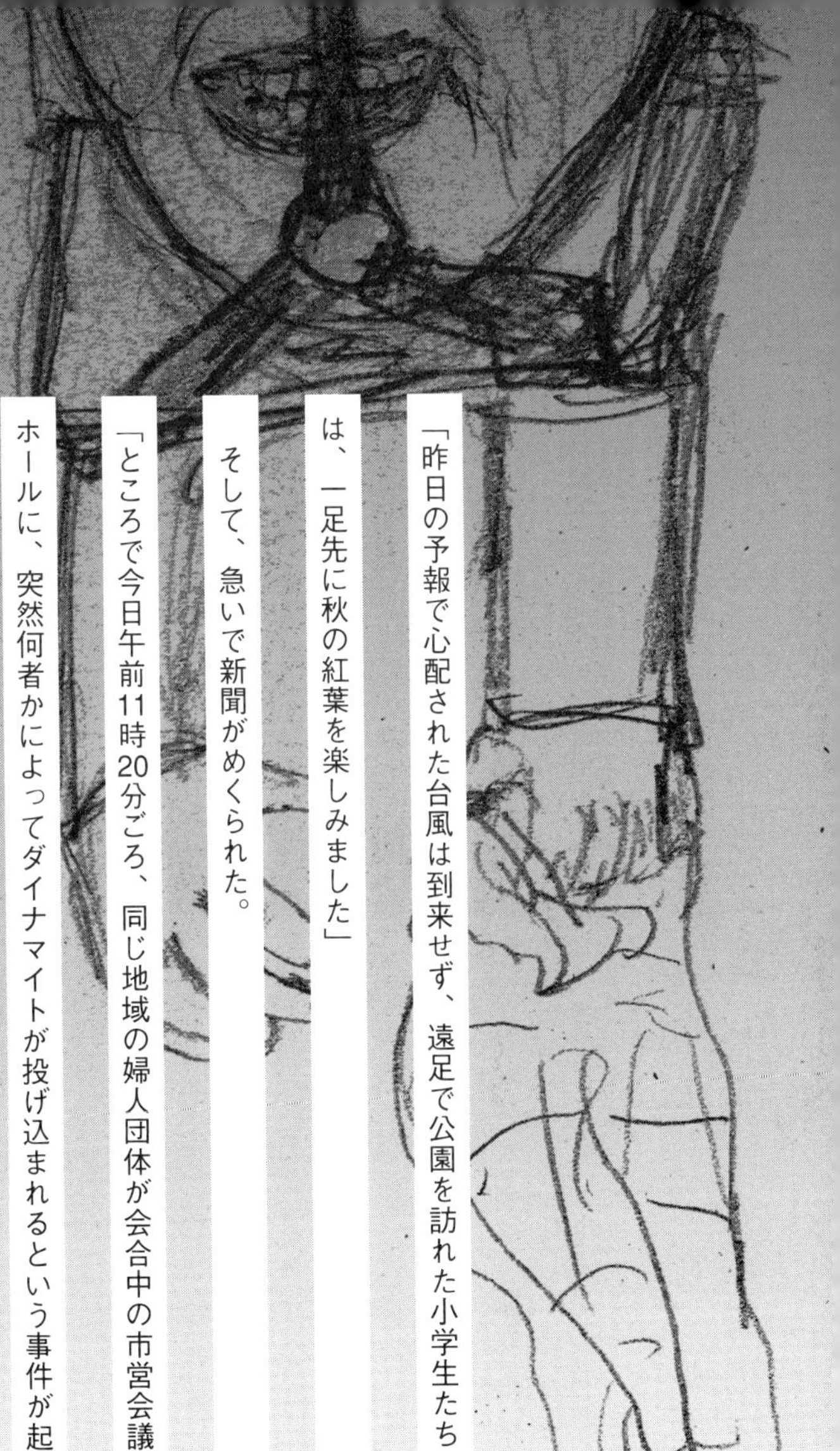

「昨日の予報で心配された台風は到来せず、遠足で公園を訪れた小学生たちは、一足先に秋の紅葉を楽しみました」

そして、急いで新聞がめくられた。

「ところで今日午前11時20分ごろ、同じ地域の婦人団体が会合中の市営会議ホールに、突然何者かによってダイナマイトが投げ込まれるという事件が起きました。会合に出席していた主婦58人全員が血まみれで死亡した模様です。地元の人気警官、大塚巡査率いる警察の捜査チームの努力も虚しく、現在も犯人の特徴など特定できぬまま近隣での聞き込みが続いています。さわやか

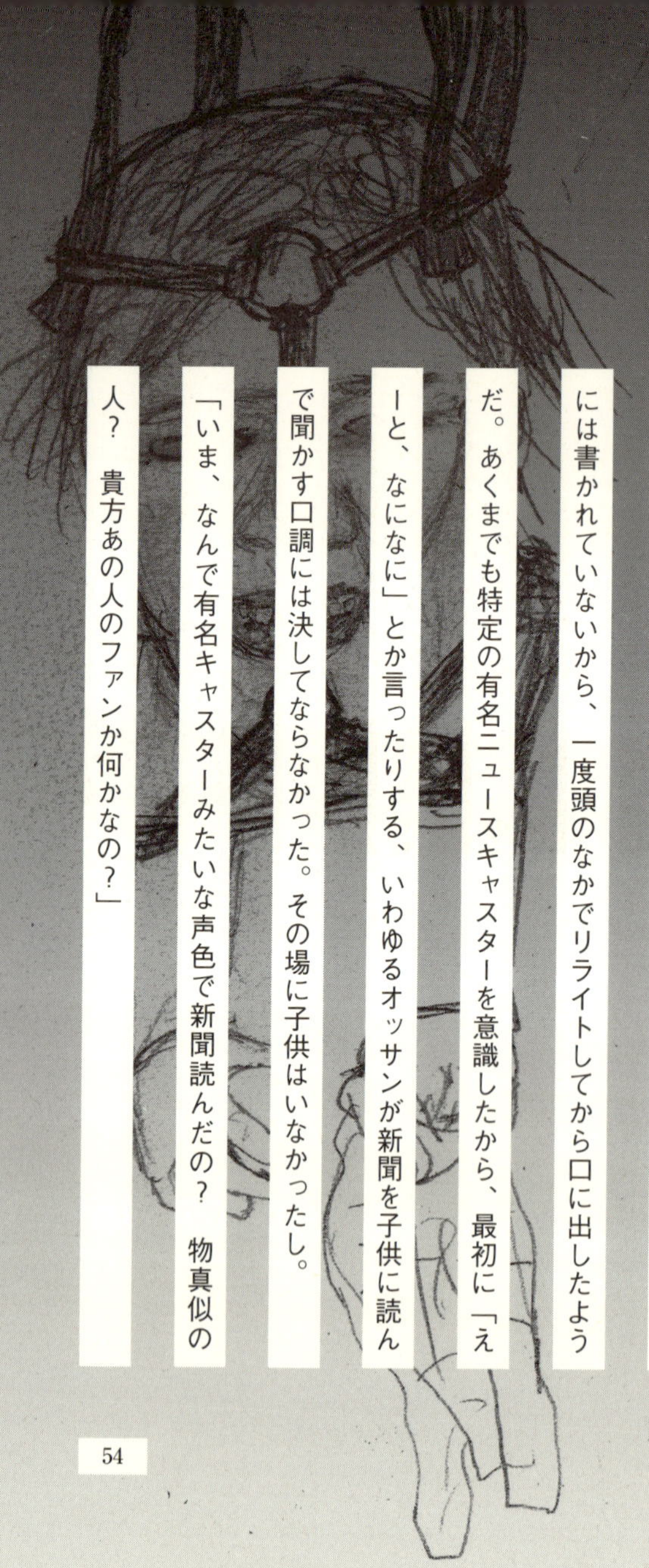

な晴天が一転しての凶悪事件の発生に、関係者は困惑の表情を隠せない様子です」

脈絡も特になく、男は俺に背を向けたままで新聞の三面記事をニュースキャスターの口調で読み上げた。もちろん、新聞の記事はニュース原稿のようには書かれていないから、一度頭のなかでリライトしてから口に出したようだ。あくまでも特定の有名ニュースキャスターを意識したから、最初に「えーと、なになに」とか言ったりする、いわゆるオッサンが新聞を子供に読んで聞かす口調には決してならなかった。その場に子供はいなかったし。

「いま、なんで有名キャスターみたいな声色で新聞読んだの？　物真似の人？　貴方あの人のファンか何かなの？」

俺の畳み掛ける質問に、返答はない。

「もしかして、例の事件で誰か親しい人でもお亡くなりになったの?」

――いや、べつに――。今度の男の口調は打って変わって、別人のような重苦しく暗い小さな声だった。あまりにも自信のない弱々しい声だったので、それが実際に聞こえたものだったのかというこちらの自信さえも完全に奪い去った。

〈チュチュン、チュチュン〉

その部屋のあまりの静けさに、窓の外の小鳥たちのさえずりだけが次第に聞こえてきた。

10分くらい経過しても、後ろ姿の彼は無言のままだったので、こちらもなんだかいたたまれなくなってしまい、内緒でこっそりと部屋から抜け出そうとした矢先に彼の重い口が開いて実に意外な告白が飛び出した。

「私がその有名キャスター本人なんです。最近、仕事がマンネリ気味だったんで初心に帰って頑張ろうと決心したら、ついでに新人の頃のやたら緊張するクセまで戻ってきちゃって、暫くテレビをお休みしてたんです」

やっと、チラリと一瞬俺の方に顔を向けたときに確認した。たしかに本人だ。

「まあ、誰にでもスランプはありますよ。また復帰して頑張らなくちゃね」

俺は彼の肩をポン、と和太鼓の音が聞こえそうな感じで叩いたが、べつに振り返ってはくれなかったのでガッカリした——。

家に帰ってくるとソファの上に昨日から置いてある太った黒人の死体がすっかり腐っており、俺の部屋に悪臭が漂う。

死体は以前、ボブと呼ばれていた。ボビー・ジョンソン。それが正式な名前。彼は近所の公園で毒ヘビに咬まれて死んだのだ。当然、彼が毎朝ジョギングでそこを訪れることを知っていた者が、野生の暗殺者をあらかじめ放ったのだと思う。俺は、ヘビをヒョイと摘み上げると殺人現場から持ち去り、そのまま近所の他人の家の庭に放った。ヘビには罪はない。猛毒をもってい

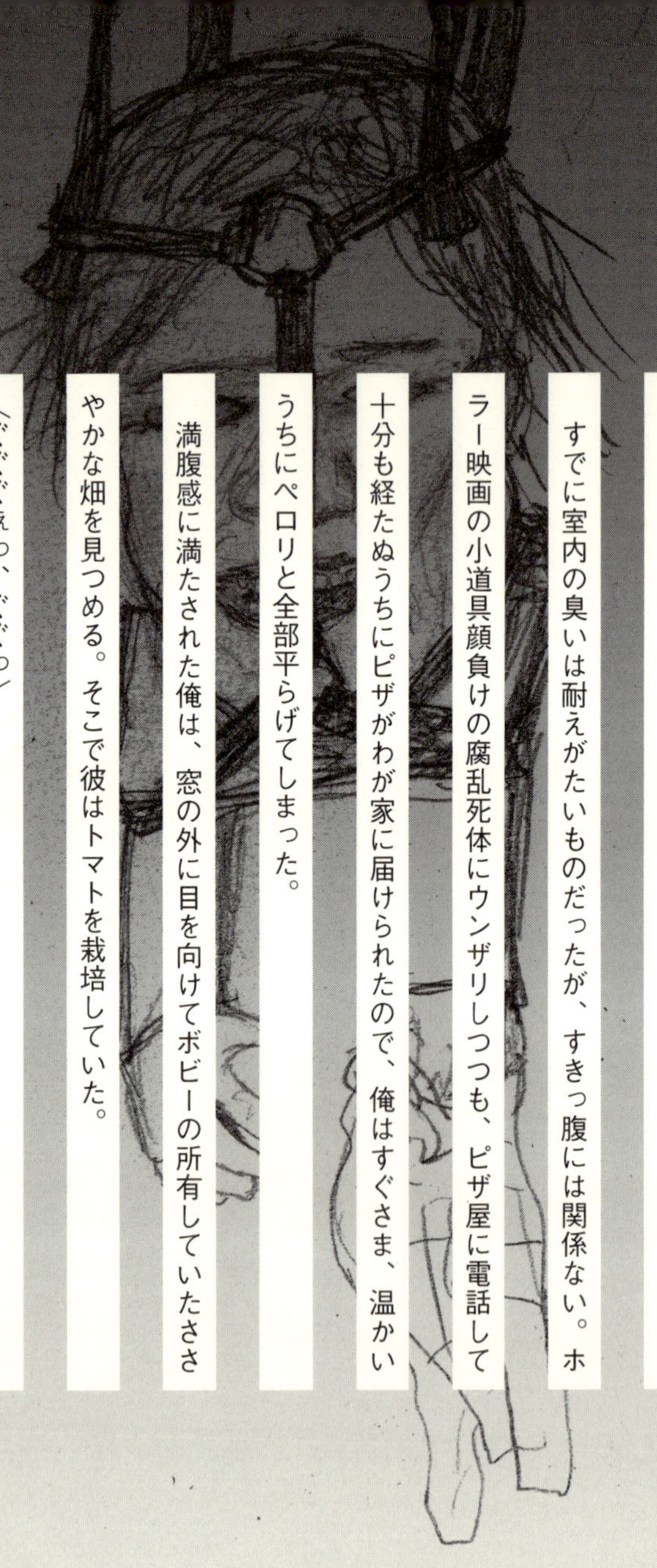

るとはいえ、誰かが守ってやらねばなるまい。俺たちと同じ生き物なのだから。

すでに室内の臭いは耐えがたいものだったが、すきっ腹には関係ない。ホラー映画の小道具顔負けの腐乱死体にウンザリしつつも、ピザ屋に電話して十分も経たぬうちにピザがわが家に届けられたので、俺はすぐさま、温かいうちにペロリと全部平らげてしまった。

満腹感に満たされた俺は、窓の外に目を向けてボビーの所有していたささやかな畑を見つめる。そこで彼はトマトを栽培していた。

〈ぐぐぐぇっ、ぐぐっ〉

地獄の糞溜から聞こえてきそうな唸りを発しながら一生懸命畑を耕して作

ったトマトは、見た目からしてまるで旨そうな代物ではなかった。淀んだ血の色。別段、彼以外の人間がそれを食う機会があるわけではないのだが、その不快な唸り声が近隣住民の顰蹙を買う結果となった。

二日前の昼間、近所でちょっとした暴力沙汰が起こった。昼の畑仕事の最中、手に鉄パイプを持ち、黒い覆面をした三人の中年男性が登場してボブを襲ったのだ。農作業中の彼の発する唸り声に、ついに善意の人々が立ち上がったのだ。

「トマトは誰にもあげないよ。これは俺の不浄な糞がしみ込んだトマトなんだ。お前らが食っても旨くない。マズいよ、たぶん」

誰もトマトなんか欲しがっていなかったのでしばらく沈黙が続き、ちょうどいい頃合に暴漢の一人がなんの断りもなく突然、鉄パイプでボブに殴りかかった。これが合図となってほかの二人も一緒に襲いかかったが、ボクシングの名人だったボブはこれを簡単に器用に避けた。とはいえ、若かったころとは違って連中をずっと相手にするのは疲れる。

「わかった、わかった。トマトはお前らにやる。好きなだけ持っていけ」

母なる大地と父のように偉大な太陽の婚約によってたわわに実った赤いトマト。たしかにボブのトマトは見た目がすこし悪いけど、彼が愛情たっぷりに苦労して育てたのだから、食べたらきっとおいしいはずなのに……。

近隣住民によるボブの襲撃事件のわずか一日後に、今度は公園で毒ヘビに襲われるなんてビックリするようなことが起きたので、彼もさぞや驚いたこ

とだろう。毒ヘビだって別に驚かしてやろうという気はなかったに違いない
——。

「俺は日本のアニメーション映画が元々好きではない。カワイイ動物のキャラなら仕方ないが、どの人間も同じ顔に見えるのは絶対にいただけない。なぜあんなに似てしまうのか、俺は絶対に理解できないし、それは多分、愛のない手抜きだから許せない。あたたかみが感じられない。死ね、苦しみ抜いた挙げ句に」

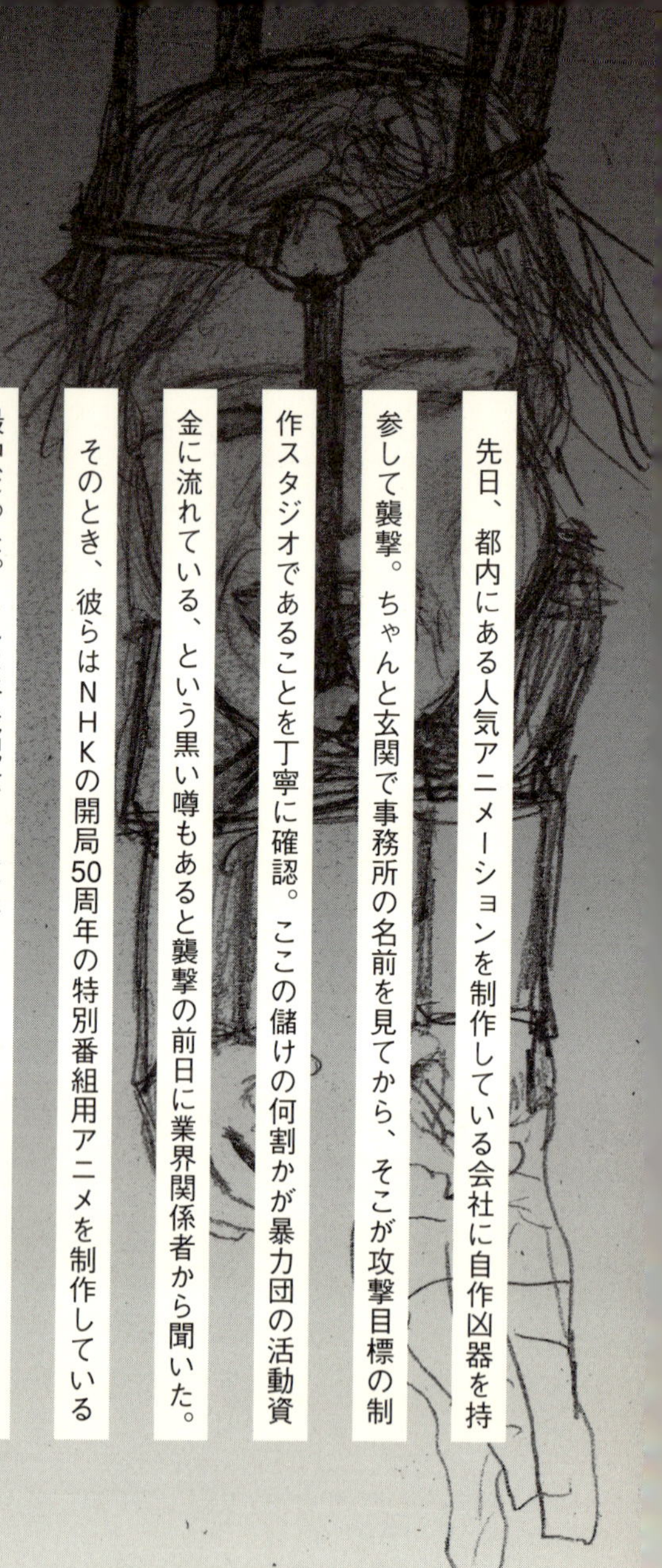

先日、都内にある人気アニメーションを制作している会社に自作凶器を持参して襲撃。ちゃんと玄関で事務所の名前を見てから、そこが攻撃目標の制作スタジオであることを丁寧に確認。ここの儲けの何割かが暴力団の活動資金に流れている、という黒い噂もあると襲撃の前日に業界関係者から聞いた。
そのとき、彼らはＮＨＫの開局50周年の特別番組用アニメを制作している最中だった。これは終戦記念日に放送される予定。連中もたまには低俗なアニメだけでなく、そういう真面目なのも作るらしい、ということがわかった。だから、ちょっと様子を観察することにしたのだ。
「アニメって意外と作るの大変そうですね。俺、ここを訪ねる前は、虫メガネかなにかでフィルムに直接絵を書き込むんだと思ってましたよ。違うんで

すね、実際は」

懐かしいニルヴァーナなどのグランジ系ロックがラジカセからスタジオ中にガンガンと大音量で鳴り響いているせいで、俺の言ったことなんて誰も聞いてはくれない。あの有名なカート・コバーンの最期みたいに、気がふれて自分の頭をショットガンでブチ抜く奴が現れてもおかしくない状況だ。ある意味これじゃ、まるで『ディア・ハンター』のベトナムのロシアン・ルーレットシーンの再現だ。まともな神経の持ち主なら一分間もここにいられはしない。

耳を塞ぎつつ、連中の仕事を拝見する。

そのとき、たまたまベテラン・アニメーターの平井さんが非常に慣れた手

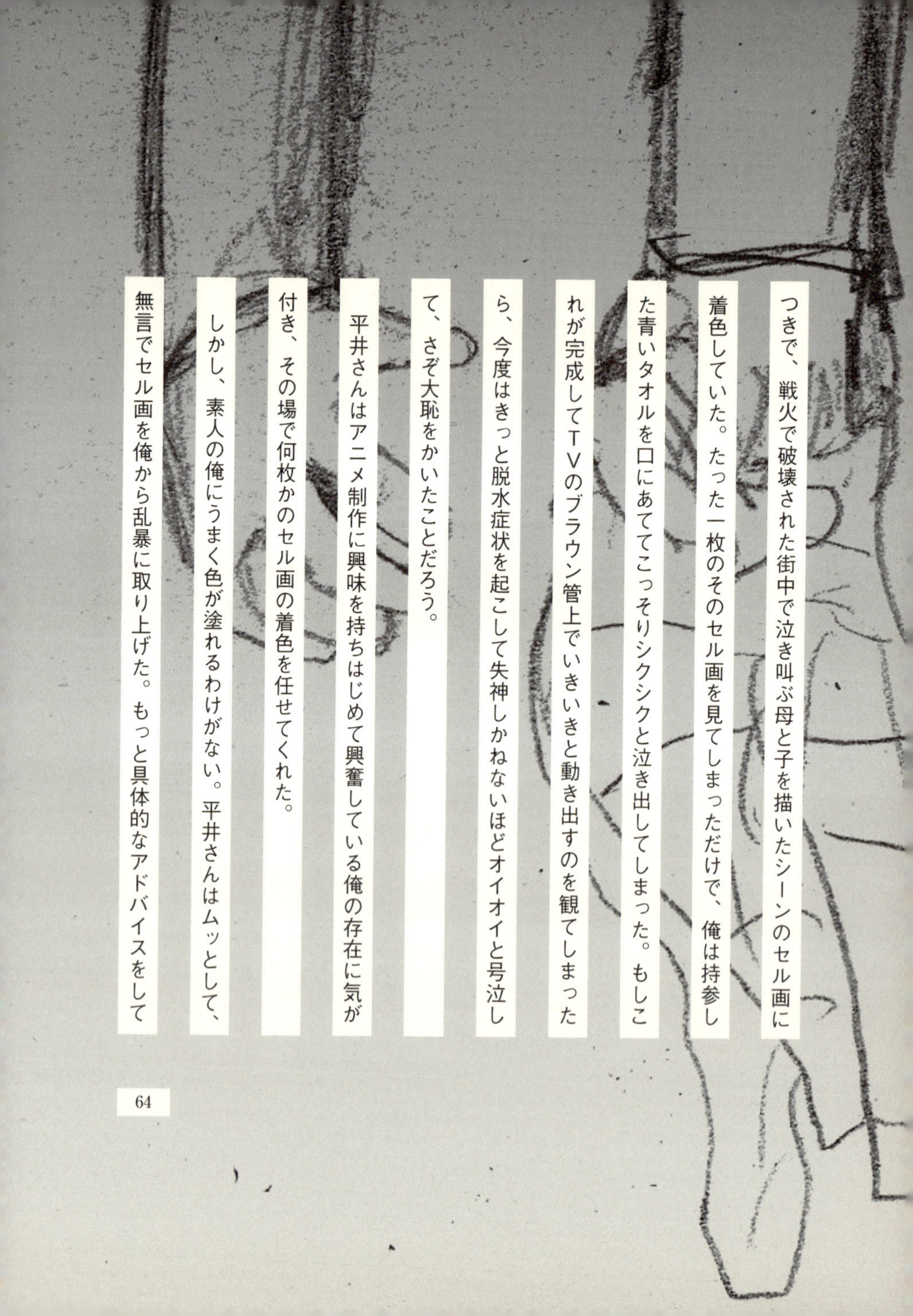

つきで、戦火で破壊された街中で泣き叫ぶ母と子を描いたシーンのセル画に着色していた。たった一枚のそのセル画を見てしまっただけで、俺は持参した青いタオルを口にあててこっそりシクシクと泣き出してしまった。もしこれが完成してＴＶのブラウン管上でいきいきと動き出すのを観てしまったら、今度はきっと脱水症状を起こして失神しかねないほどオイオイと号泣して、さぞ大恥をかいたことだろう。

平井さんはアニメ制作に興味を持ちはじめて興奮している俺の存在に気が付き、その場で何枚かのセル画の着色を任せてくれた。

しかし、素人の俺にうまく色が塗れるわけがない。平井さんはムッとして、無言でセル画を俺から乱暴に取り上げた。もっと具体的なアドバイスをして

くれればもっと上手にできたのにと思うと、目から涙が溢れそうになった。
彼の横柄な態度に「素人なんだからなにもそんな扱いすることないでしょ！」と食い下がりたくもなったが、平井さんは俺にそのような不平不満を言う隙をまったく与えずに門前払いを食らわせたのだった——。

見た目からして裕福そうな家を、もう一週間前から来る日も来る日も朝から晩まで物陰でじっと睨みつけている。昼飯時には持参した菓子パンなどを食べながら辛抱強く、金持ちの家の監視をやめる気配は一切ない。

挙動不審な男の様子は、勤続30年くらいのベテラン刑事が見ればあまりに無頓着なまでに犯罪の匂いを感じさせた。

「いやいや、別段盗みに入ってやろうと思っているわけではありませんよ」

「じゃあ何だ？」

「いや、なんていい家なんだろうと思わず見とれてしまったんですよ」

「そんな嘘が通用すると思っているのか？　いずれにしても署までご同行願おうか」

刑事は男の腕を乱暴に掴んだ。

「離してください。私は怪しいものではありません」

「いい加減に抵抗はよせ」

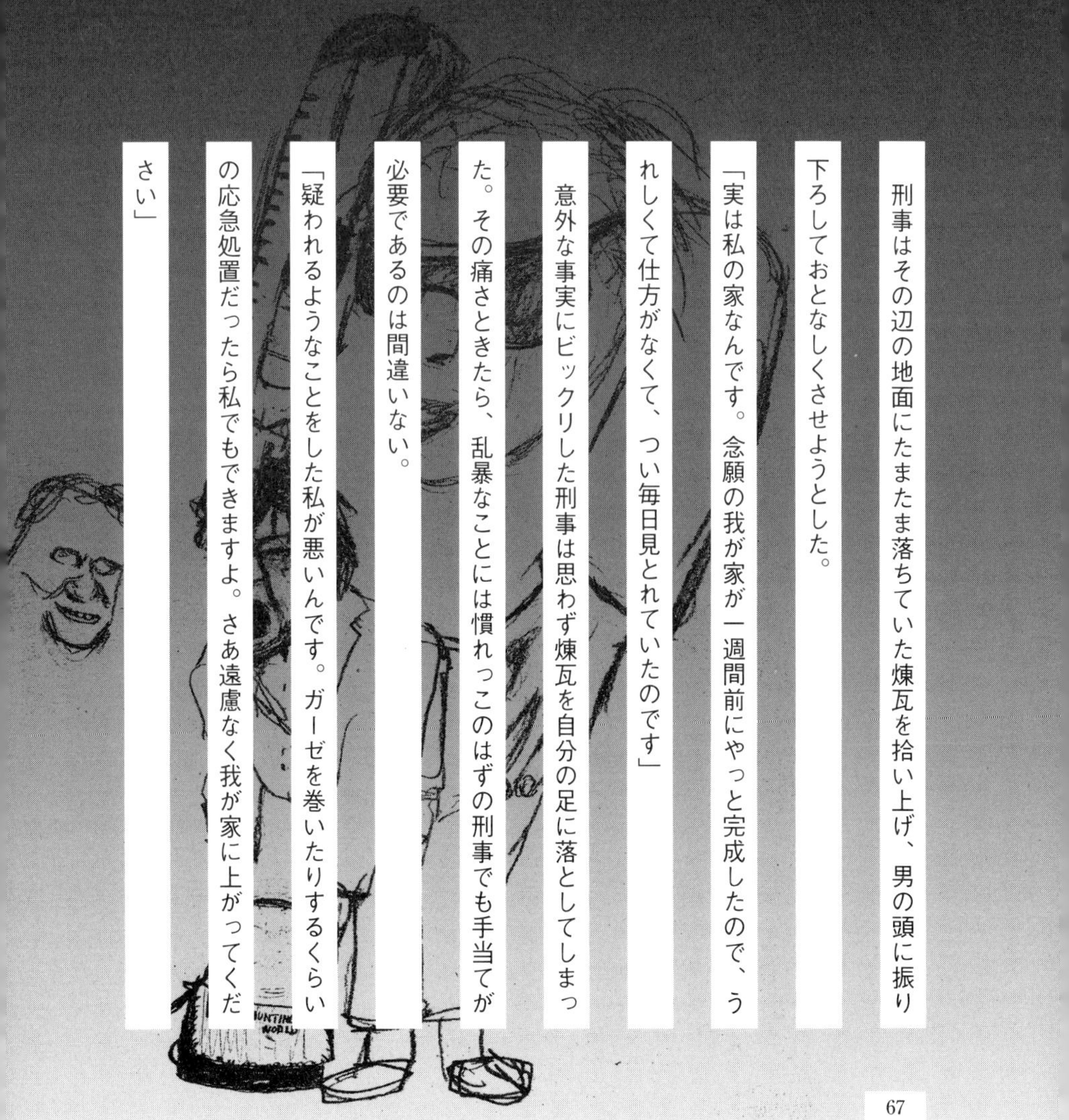

刑事はその辺の地面にたまたま落ちていた煉瓦を拾い上げ、男の頭に振り下ろしておとなしくさせようとした。

「実は私の家なんです。念願の我が家が一週間前にやっと完成したので、うれしくて仕方がなくて、つい毎日見とれていたのです」

意外な事実にビックリした刑事は思わず煉瓦を自分の足に落としてしまった。その痛さときたら、乱暴なことには慣れっこのはずの刑事でも手当てが必要であるのは間違いない。

「疑われるようなことをした私が悪いんです。ガーゼを巻いたりするくらいの応急処置だったら私でもできますよ。さあ遠慮なく我が家に上がってください」

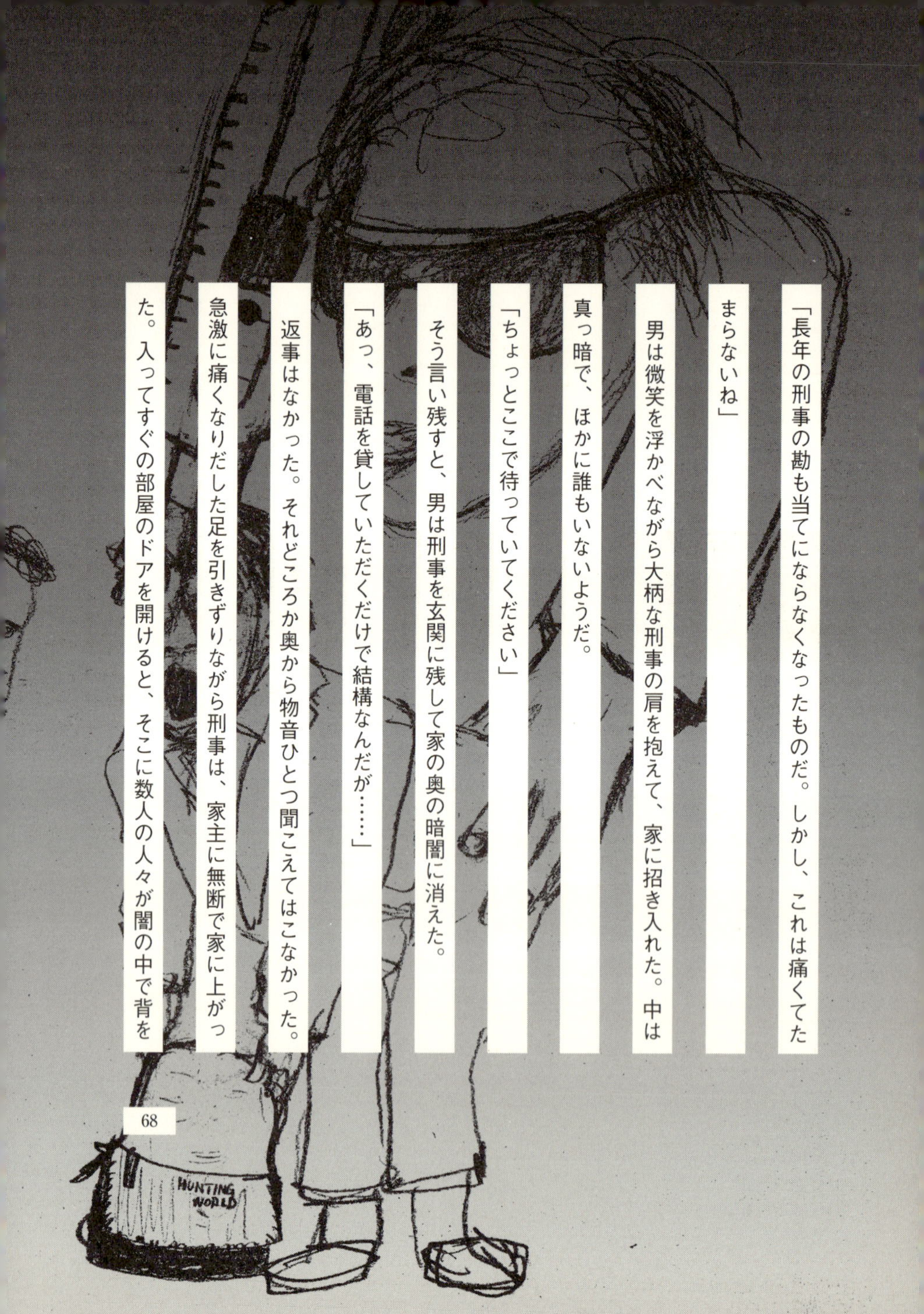

「長年の刑事の勘も当てにならなくなったものだ。しかし、これは痛くてたまらないね」

男は微笑を浮かべながら大柄な刑事の肩を抱えて、家に招き入れた。中は真っ暗で、ほかに誰もいないようだ。

「ちょっとここで待っていてください」

そう言い残すと、男は刑事を玄関に残して家の奥の暗闇に消えた。

「あっ、電話を貸していただくだけで結構なんだが……」

返事はなかった。それどころか奥から物音ひとつ聞こえてはこなかった。

急激に痛くなりだした足を引きずりながら刑事は、家主に無断で家に上がった。入ってすぐの部屋のドアを開けると、そこに数人の人々が闇の中で背を

向けて黙って存在していた。その群れに先程の男が混じっているかどうかはわからない。

仕方なく刑事も沈黙したままの人々の背後を、ただ見つめて身を持て余すしかないように思えた。そして、次第に連帯感が生まれてくるのを密かに期待した。でなければ、こんな陰気な家で、知らない人たちと長時間一緒にいるのは寂しすぎるから……。

そんな様子を全部、俺は窓の外から覗き見していた——。

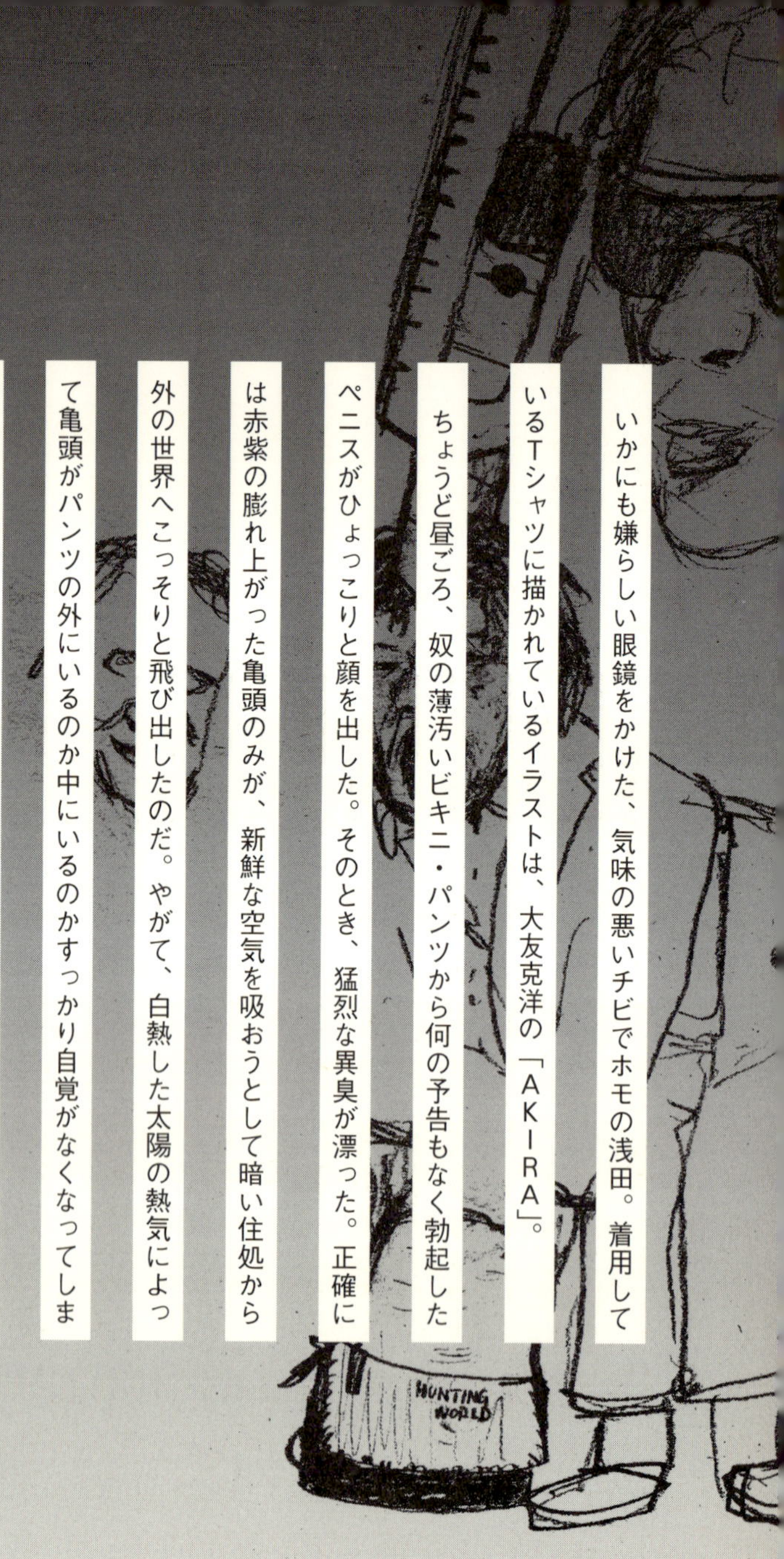

いかにも嫌らしい眼鏡をかけた、気味の悪いチビでホモの浅田。着用しているTシャツに描かれているイラストは、大友克洋の「ＡＫＩＲＡ」。

ちょうど昼ごろ、奴の薄汚いビキニ・パンツから何の予告もなく勃起したペニスがひょっこりと顔を出した。そのとき、猛烈な異臭が漂った。正確には赤紫の膨れ上がった亀頭のみが、新鮮な空気を吸おうとして暗い住処から外の世界へこっそりと飛び出したのだ。やがて、白熱した太陽の熱気によって亀頭がパンツの外にいるのか中にいるのかすっかり自覚がなくなってしまっていた。

出しっぱなし状態を完全に忘れて、浅田はレコーディング・スタジオのある建物に侵入した。防犯ブザーが鳴ったが昼食時で不在のため、警備員は誰も駆けつけてはこなかった。

人気ディレクターの津沢裕太は、頭部にヘッドホンをつけていたために防犯ブザーの音に気が付かなかった。しかし、いくら本番直前の緊張した空気が充満しているせいでスタジオがしんと静まりかえっていたとはいえ、ここまで浅田のペニス臭が達していたので、津沢を筆頭にその現場にいた音楽関係者全員が何事かとざわめきたった。

頭の中で秒を読みつつ、キューを出そうとして右手を挙げていた津沢が慌てて技師に録音中止を命じる。突然、吐き気が彼を襲ったからだ。そして口に手を当て、無言で便所に駆け込んだ。

その間に浅田はちっぽけで醜悪なペニスとその匂いとともに津沢たちのい

るレコーディング・スタジオの建物から外に出て、道路脇の下水へと続く大きな穴に自分から落ちた。

便所から津沢が帰ってきて、厚いガラス越しのミキシング・ルームに無事に現れた。もう不快感は一掃されて、なんともいい雰囲気になっていた。

「それじゃ、始めますよ」

やっと津沢の右手が振り下ろされた。

演奏者全員に笑顔が戻った。こんな晴れやかな気分は20年ぶりぐらいか、と思われた。

醜い過去の異物がこの世の中から消えて、なぜだか新しい世紀を迎えるに相応しい実感が沸いてきた。

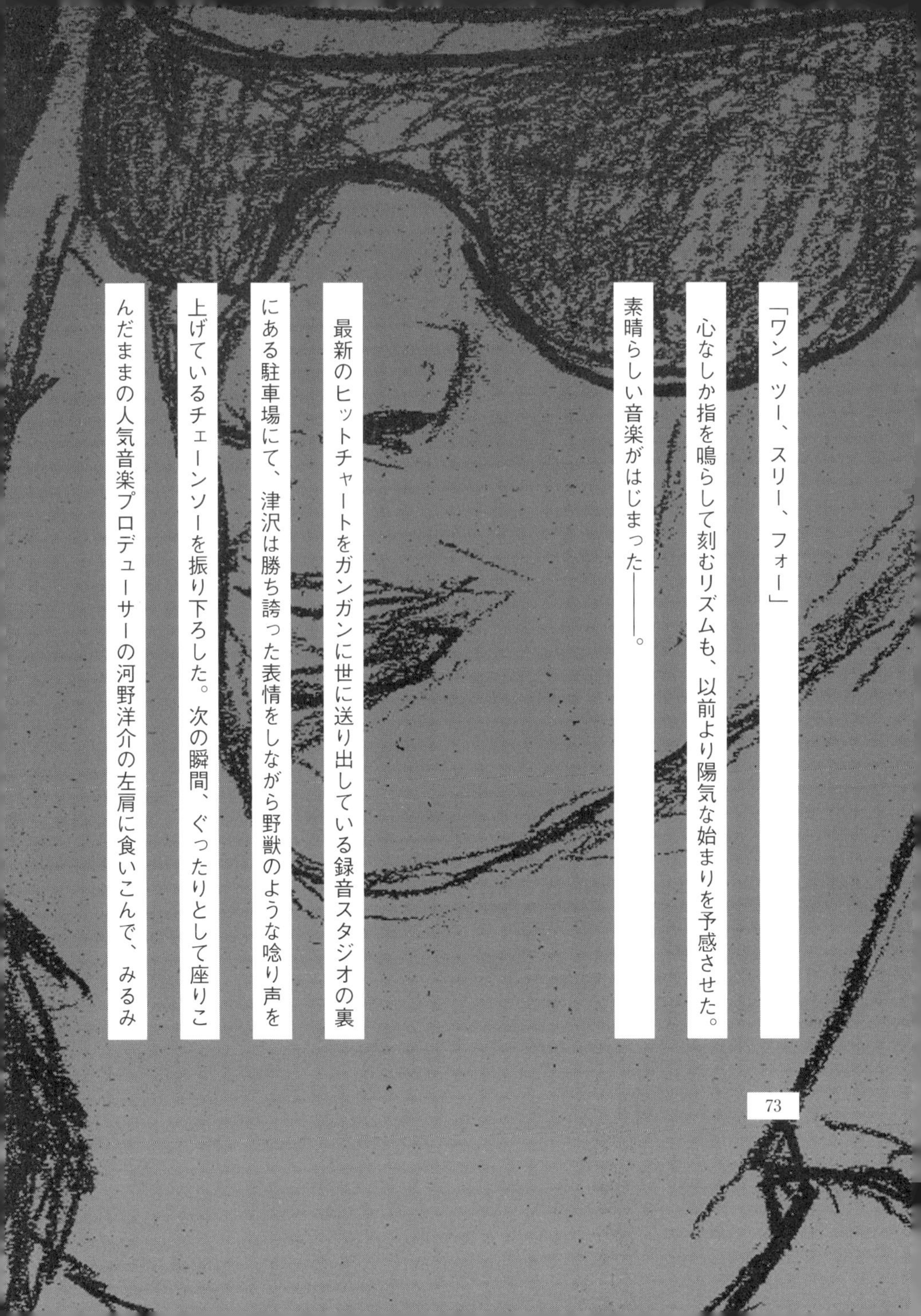

「ワン、ツー、スリー、フォー」

心なしか指を鳴らして刻むリズムも、以前より陽気な始まりを予感させた。

素晴らしい音楽がはじまった——。

最新のヒットチャートをガンガンに世に送り出している録音スタジオの裏にある駐車場にて、津沢は勝ち誇った表情をしながら野獣のような唸り声を上げているチェーンソーを振り下ろした。次の瞬間、ぐったりとして座りこんだままの人気音楽プロデューサーの河野洋介の左肩に食いこんで、みるみ

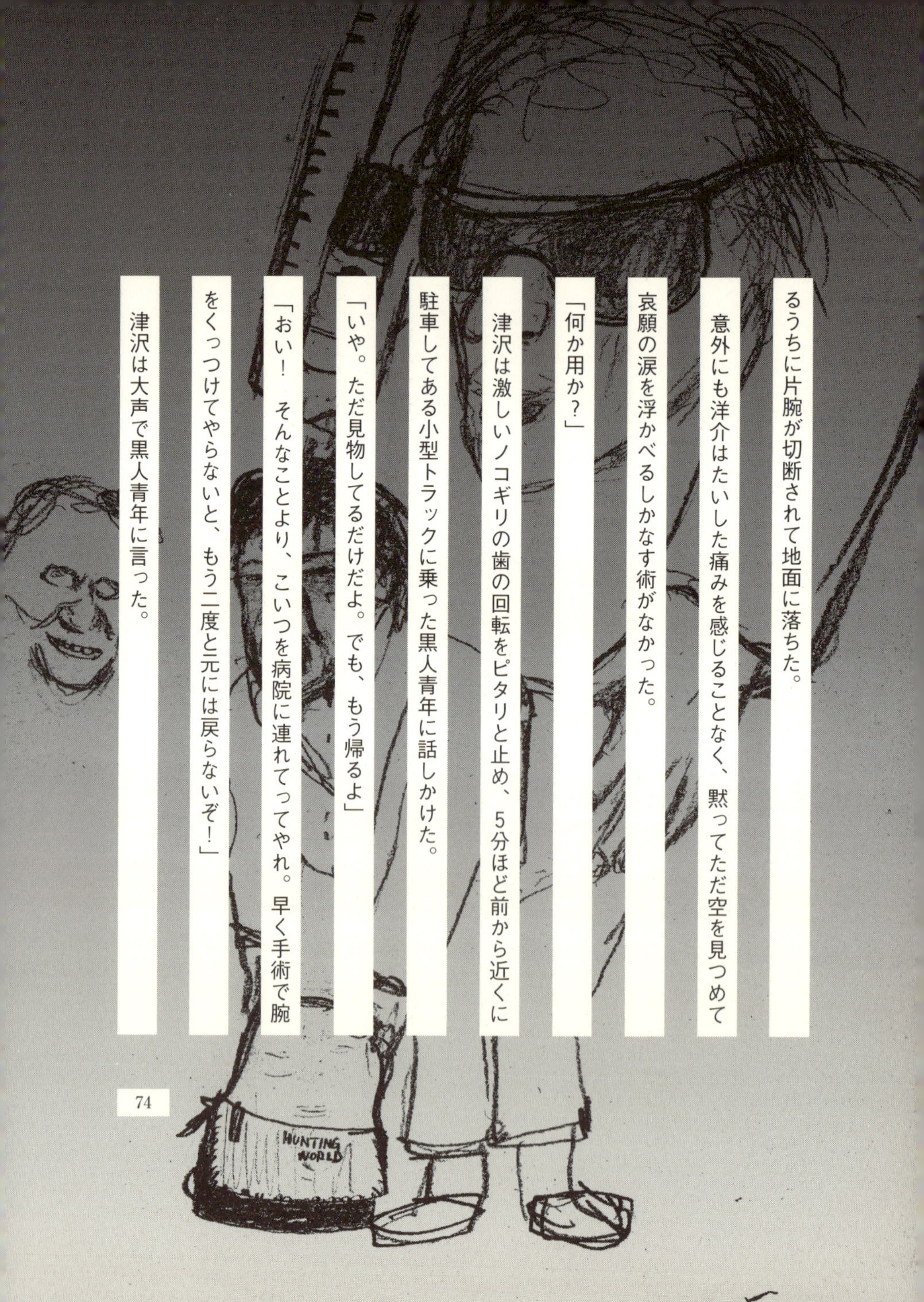

るうちに片腕が切断されて地面に落ちた。
意外にも洋介はたいした痛みを感じることなく、黙ってただ空を見つめて哀願の涙を浮かべるしかなす術がなかった。

「何か用か？」

津沢は激しいノコギリの歯の回転をピタリと止め、5分ほど前から近くに駐車してある小型トラックに乗った黒人青年に話しかけた。

「いや。ただ見物してるだけだよ。でも、もう帰るよ」

「おい！　そんなことより、こいつを病院に連れてってやれ。早く手術で腕をくっつけてやらないと、もう二度と元には戻らないぞ！」

津沢は大声で黒人青年に言った。

ゴミ同然に地面に横たわる洋介の情けない哀願の表情が、今度は黒人青年のほうへと向けられた。

「ミーは忙しいんだ。これでも二児の立派なパパなんだ……。奥さんは半年前に家出したから、ミーがミルクを温めてやらないと可愛いベビーはふたりとも飢え死にだ」

黒人青年の巧みな日本語を使っての言い分は、聞き取りやすかったのでよくわかった。

「しかし、可哀想じゃないか！　こいつ片腕が取れちゃってどうしようもないんだぞ！」

「片腕のないブラザーならミーの親友や友達にもたくさんいるよ。なかには

両腕ともないとんでもない奴も何人かいたね。ミーの生まれ育った街は人口の七割が片腕で、車なんてほとんど走っちゃいなかったよ……。連中の腕はもうどうにもならないが、こいつのは病院に行けばまだどうにかなる。諦めるのはまだ早い」

津沢は凄い剣幕で反論した。

「うるせえ！　お前の故郷や仲間の話なんて誰も聞いちゃいないんだよ。腹空かしたガキなんて、俺の家の電話の脇に腐るほど積んであるぶ厚い電話帳で押し潰してやるぞ！」

「ノー！　ノー！　プリーズ、それだけはやめてくれ！　頼む」

黒人青年が慌ててキーをひねると、エンジンが猛然と身震いした。彼はボ

ンネットの下に野獣が住んでいるのではないか、といつもなんとなく考えていた。奴がいま、まさに檻の中で怒り狂い始めたのだ。そしてハムスターが暇つぶしにやるような車輪の回転に興じる……やがてそれが力強いエンジンの回転音になり、小型トラックがパワフルに動きだす……これがもし空想じゃなくて現実だったら、それはそれでなんとも素敵なことじゃないか！

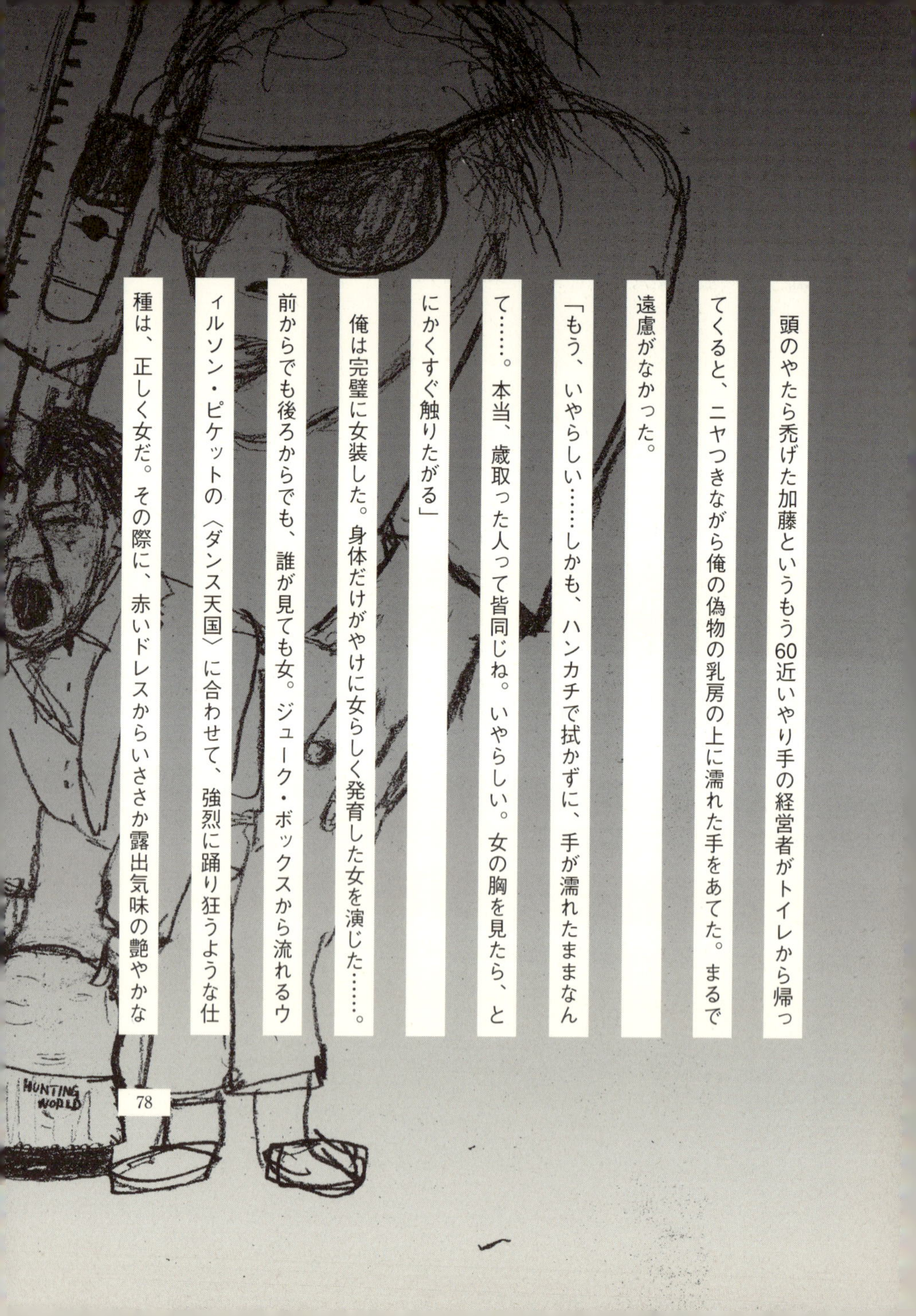

頭のやたら禿げた加藤というもう60近いやり手の経営者がトイレから帰ってくると、ニヤつきながら俺の偽物の乳房の上に濡れた手をあてた。まるで遠慮がなかった。

「もう、いやらしい……しかも、ハンカチで拭かずに、手が濡れたままなんて……。本当、歳取った人って皆同じね。いやらしい。女の胸を見たら、とにかくすぐ触りたがる」

俺は完璧に女装した。身体だけがやけに女らしく発育した女を演じた……。前からでも後ろからでも、誰が見ても女。ジューク・ボックスから流れるウィルソン・ピケットの〈ダンス天国〉に合わせて、強烈に踊り狂うような仕種は、正しく女だ。その際に、赤いドレスからいささか露出気味の艶やかな

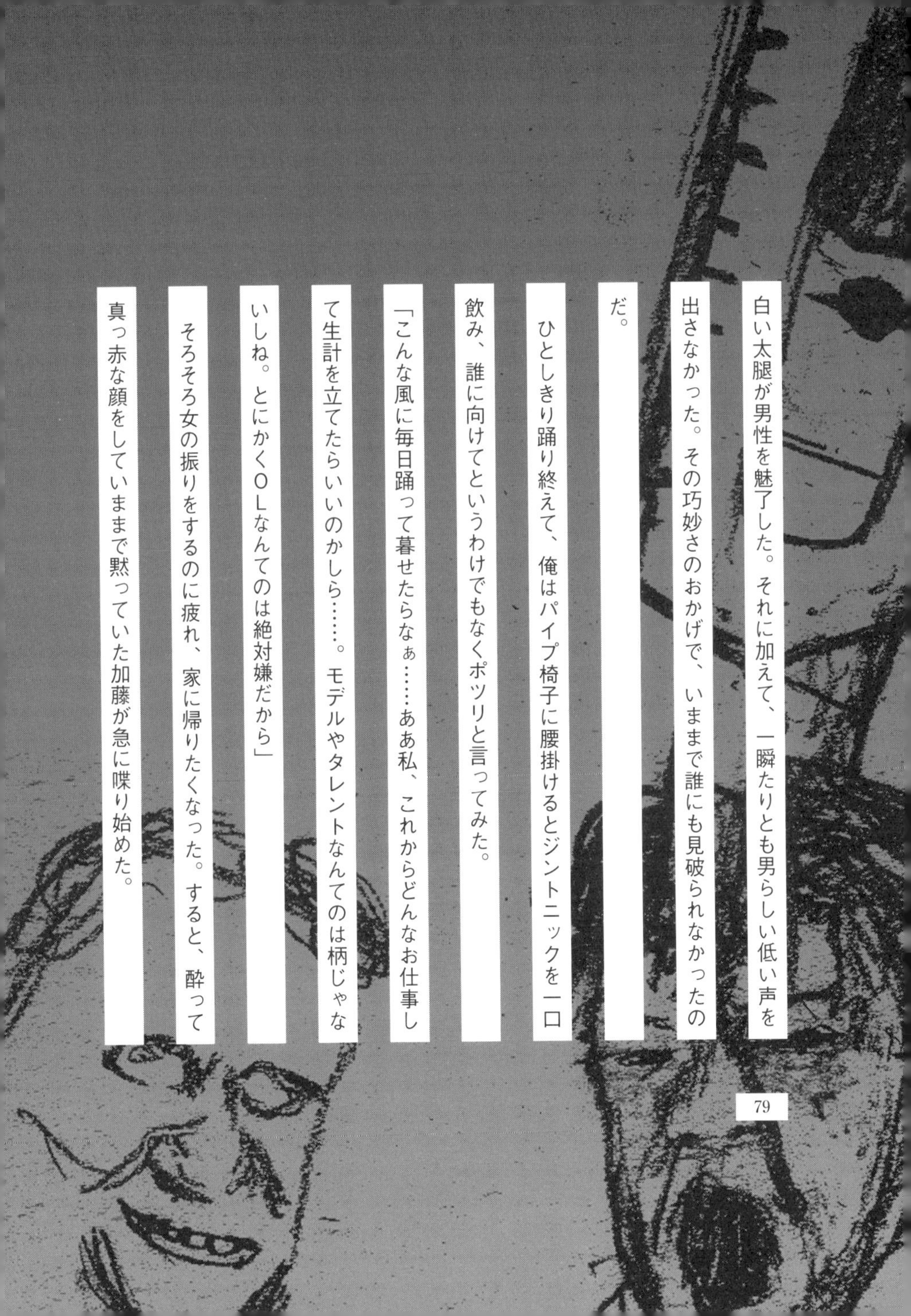

白い太腿が男性を魅了した。それに加えて、一瞬たりとも男らしい低い声を出さなかった。その巧妙さのおかげで、いままで誰にも見破られなかったのだ。

ひとしきり踊り終えて、俺はパイプ椅子に腰掛けるとジントニックを一口飲み、誰に向けてというわけでもなくポツリと言ってみた。

「こんな風に毎日踊って暮せたらなぁ……ああ私、これからどんなお仕事して生計を立てたらいいのかしら……。モデルやタレントなんてのは柄じゃないしね。とにかくOLなんてのは絶対嫌だから」

そろそろ女の振りをするのに疲れ、家に帰りたくなった。すると、酔って真っ赤な顔をしていままで黙っていた加藤が急に喋り始めた。

「だったらさぁ、うちの店で働けばいいんだよ。ショータイムに出演するダンサーの女の子が一人足りないんだよ。そうそう、店の名前は〈バー『城砦』〉っていうんだ。なんだか変わった店名だろ……女性週刊誌とかで見たことないか？ 明るい感じが好評の店で、連日ヤングから年輩の客がワンサカやって来て、いま結構繁盛してるよ」

俺はうんざりした顔をした。

「そういう店で踊るのなんていちばん嫌いよ。こんな風に毎日、薄汚い飢えた中年男たちから馴れ馴れしく胸を触られるなんてまっぴら。交通量の多い車道に元気良く飛び出したりして、ダンプに思いっ切り轢かれて死んだほうがマシだわ」

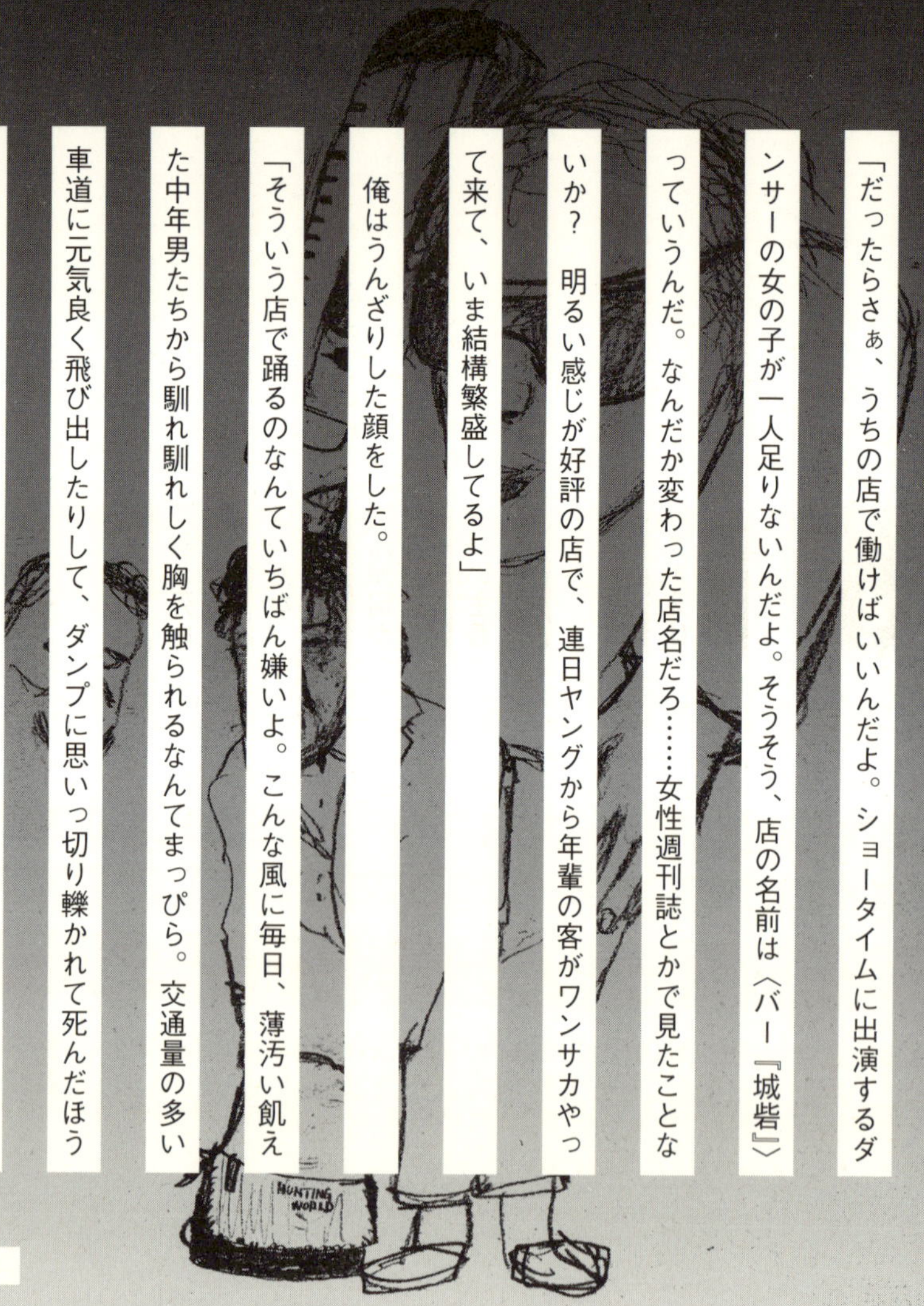

温厚さを象徴していた赤い顔色が、烈火のごとく燃え上がる激情の怒りを示す赤に変容した。

「じゃぁ、貴様はさっさと野垂れ死ぬか糞尿満載のバキュームカーにでも轢かれて早いとこ死んじまうこったな、このクソ野郎！　でなかったら俺が貴様の頭を、その辺で拾った鈍器か何かでブチ割ってやるぜ！　俺はうちの店のことをバカにする奴は許さない主義だ！　うちは立派な紳士が集まる店だぞ！　おい、貴様、あとで殺すぞ！　じゃなかったらお前はド田舎に行って、性病持ちの家畜にでも犯られちまえばいいのさ！　で、その後、肥溜の中でくたばってろ、一生！」

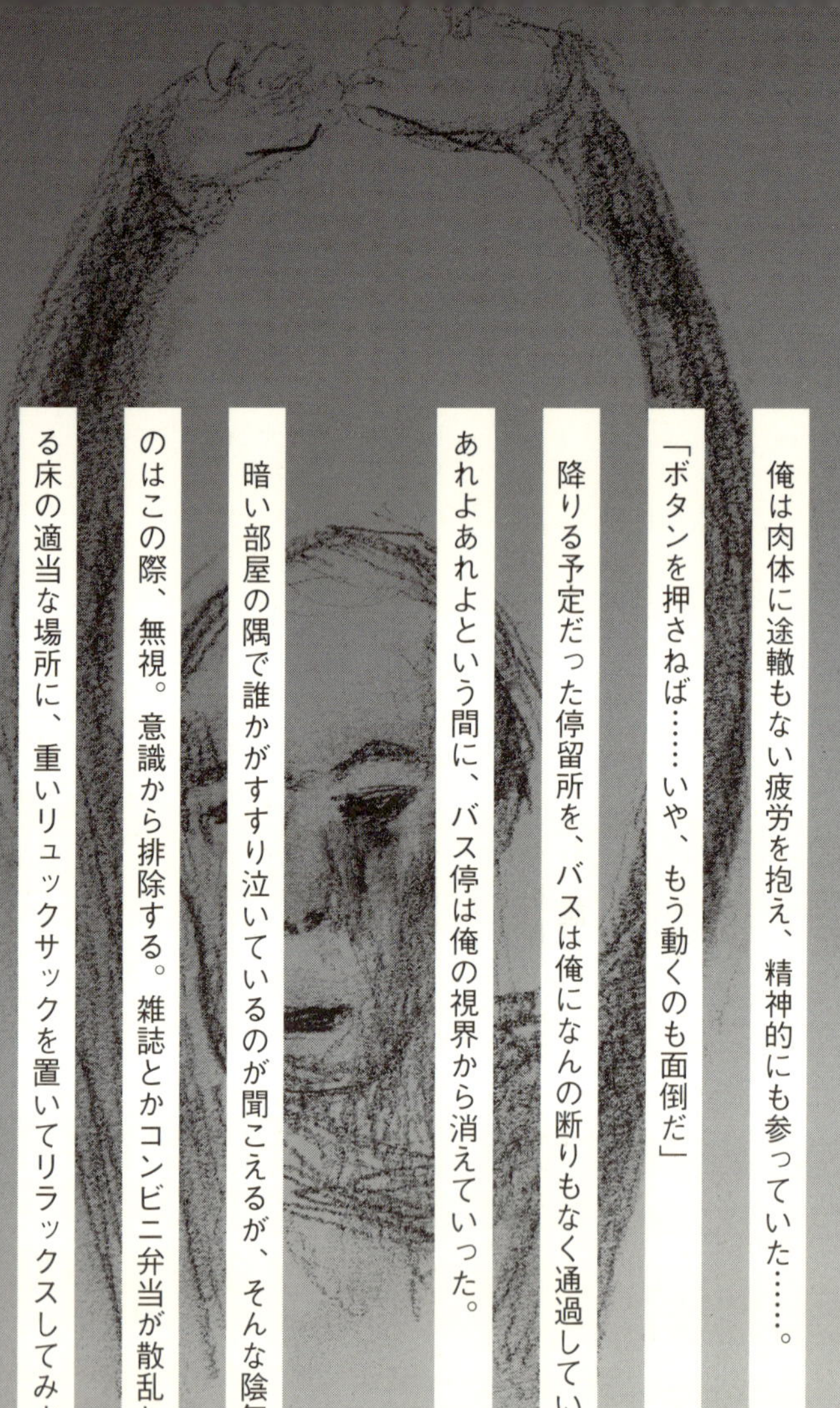

俺は肉体に途轍もない疲労を抱え、精神的にも参っていた……。

「ボタンを押さねば……いや、もう動くのも面倒だ」

降りる予定だった停留所を、バスは俺になんの断りもなく通過していった。

あれよあれよという間に、バス停は俺の視界から消えていった。

暗い部屋の隅で誰かがすすり泣いているのが聞こえるが、そんな陰気臭いのはこの際、無視。意識から排除する。雑誌とかコンビニ弁当が散乱している床の適当な場所に、重いリュックサックを置いてリラックスしてみようと

試みる。しかし、やっぱり駄目……ぜんぜん落ちつかない。

ショートパンツを脱いでからTシャツも脱ぐ。身につけているのは最早パンツだけ。

他の場所では成功した自己流のリラックス術も、ここでは効果なし。

「駄目か……困ったぞ。落ちつかない」

こんな裸同然の格好してても、誰かに見られているわけじゃない。窓の外をいつも自分が利用しているバスが走っているが、遠すぎて中の乗客からは俺の姿は見えるはずはない。

ちゃんとプライバシーは守られている。

気がつくと、例のすすり泣きはもう聞こえない。余計なお世話かもしれないが、勇気を出して隅っこにまだいるはずの、さっきまですすり泣いてた人に話しかけてみる。

「あれっ、もう泣くのやめちゃったんですか？　べつに心配して話しかけてるわけじゃないですけど」

しばらく返事はなかったが、そんな質問をしたことすら忘れたころに隅っこの人が、急に言った。

「さっきのはただの泣き真似です。あなたはすっかり騙されてしまいましたか？」

約一時間後、俺がボーッとしている間にバスが循環コースを一周し、降り

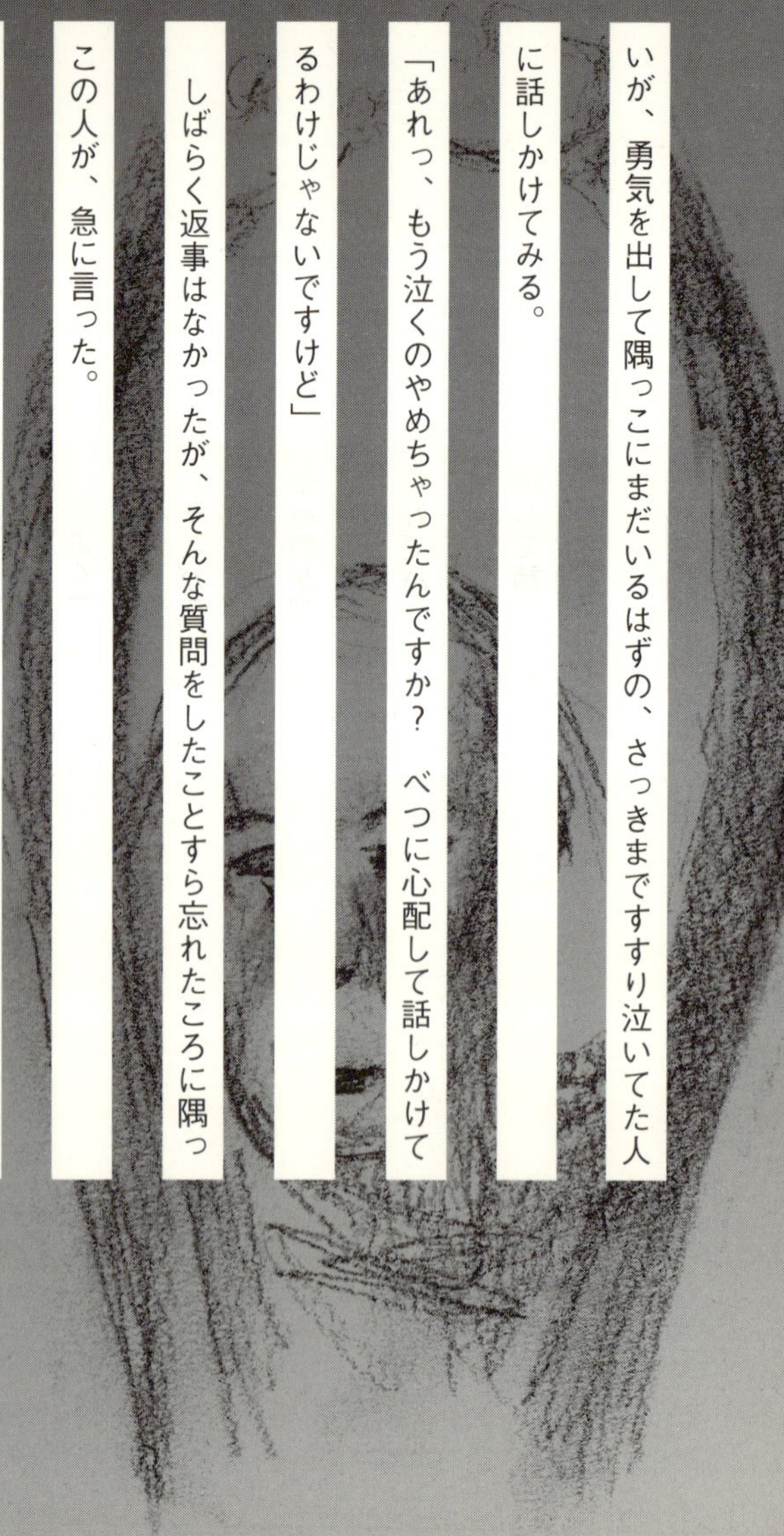

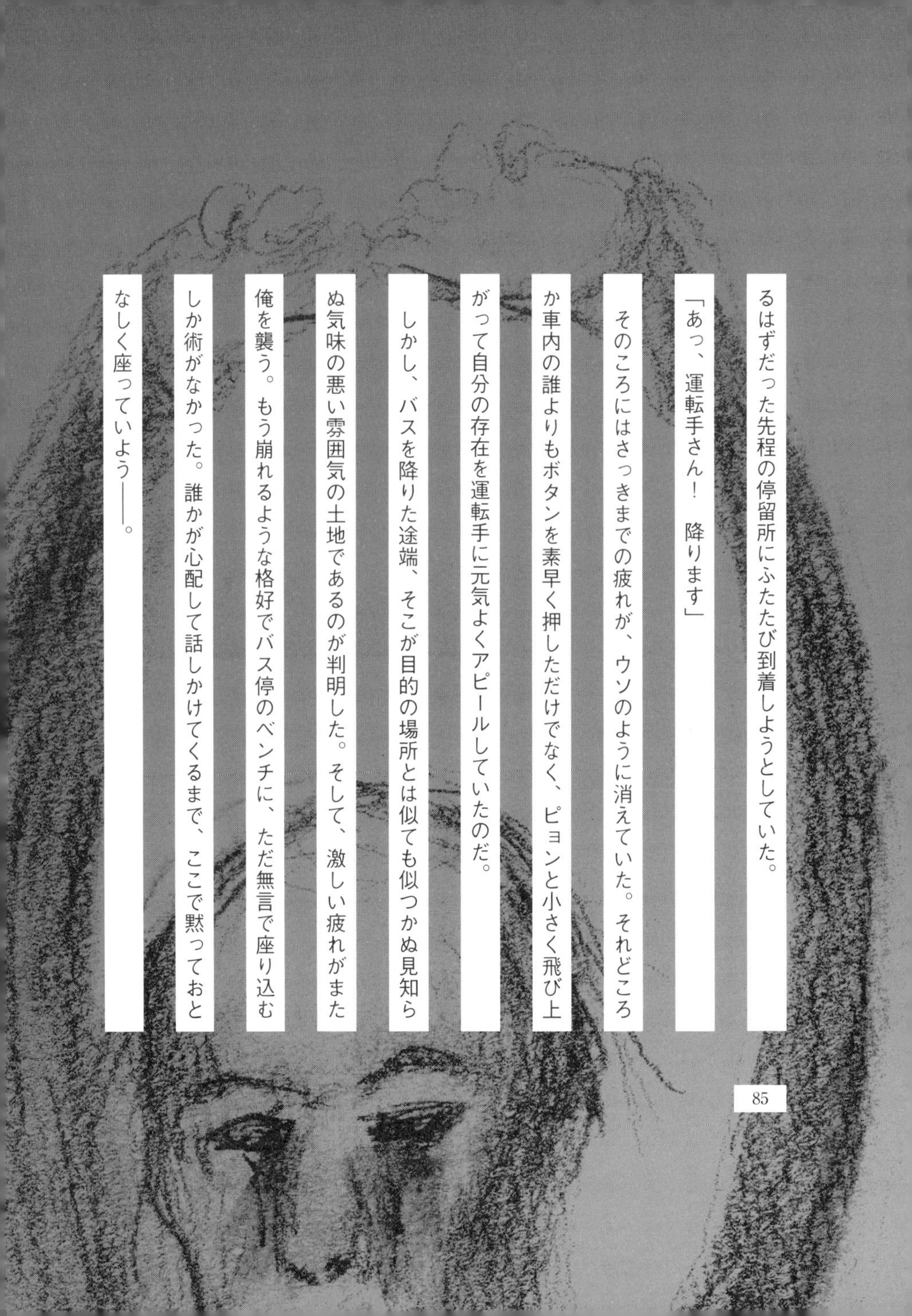

るはずだった先程の停留所にふたたび到着しようとしていた。

「あっ、運転手さん！　降ります」

そのころにはさっきまでの疲れが、ウソのように消えていた。それどころか車内の誰よりもボタンを素早く押しただけでなく、ピョンと小さく飛び上がって自分の存在を運転手に元気よくアピールしていたのだ。

しかし、バスを降りた途端、そこが目的の場所とは似ても似つかぬ見知らぬ気味の悪い雰囲気の土地であるのが判明した。そして、激しい疲れがまた俺を襲う。もう崩れるような格好でバス停のベンチに、ただ無言で座り込むしか術がなかった。誰かが心配して話しかけてくるまで、ここで黙っておとなしく座っていよう——。

「とにかくさぁ、不動産業者やってる松田って女が醜くてねぇ……ハンマーで顔面をブッ叩いてやったよ……。顔中が血だらけになったおかげで、ちょっとはマシになったかな。あとは何発か強烈なケリ入れてやっただけで許してやったさ」

貧乏人を搾取してヌケヌケとふんぞり返っている連中は、ぜんぶ惨殺されるべきだ。人を殺したくってムズムズしている輩は、そういう連中をまず抹殺すべきなのだ。

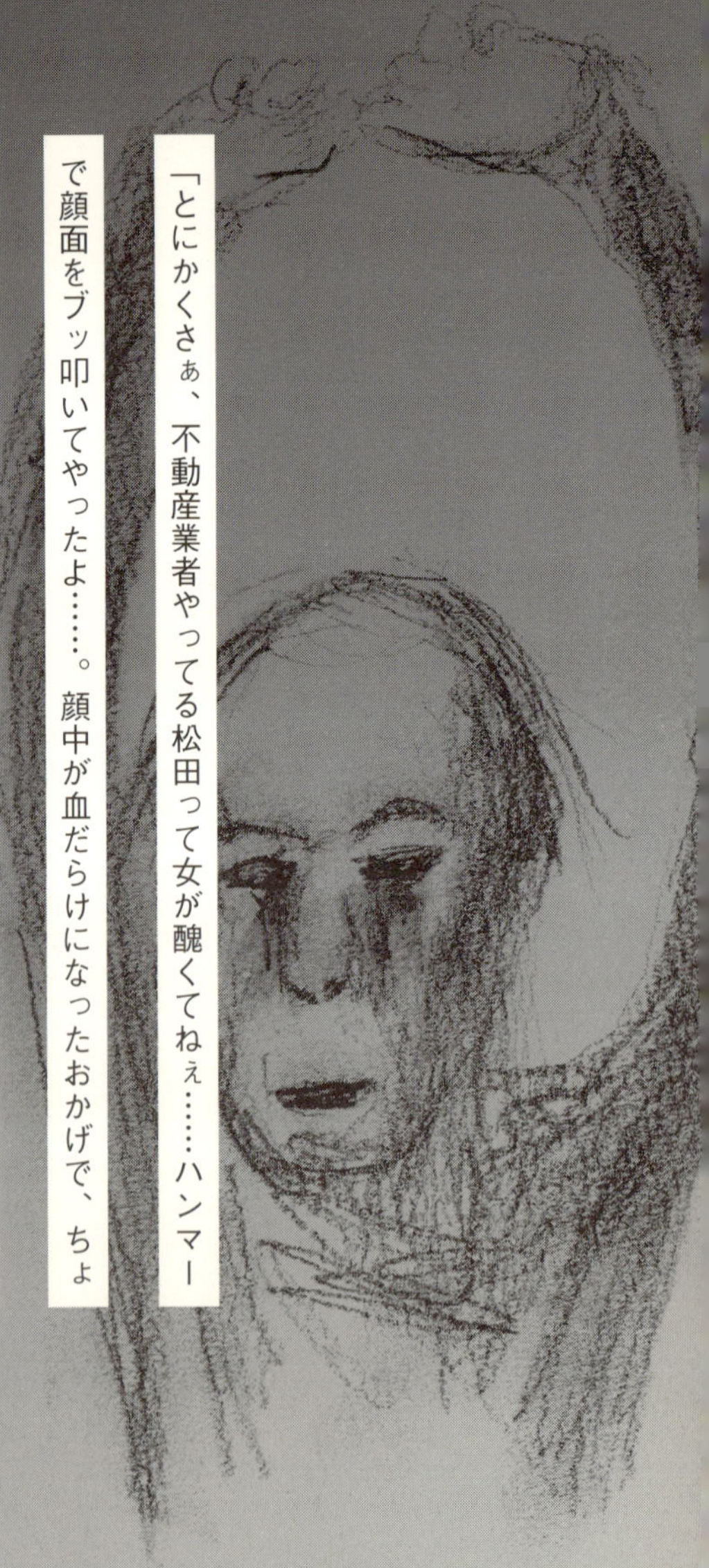

「あと、自×党の亀×みたいなのをＴＶで観てると本当に腹立ってくる……スッ込んでろ！　お前が最悪なクソ野郎なことは誰でも知っている。お情けで生かして貰ってるのがわかんねえのか？　国民全員が貴様をブッ殺したくてウズウズしてるぜ！」

こういう輩はぜんぶ同じだ。不動産業者の松田も、亀×も。こないだ近所の公園に捨ててあった排泄物専用のボロ雑巾みたく、ズタズタに引き裂かれて目の前から消えてなくなればいい。とにかくこいつらを一刻も早く排除せよ。本当に言いたいことはこれだけだ。

暖かな日差しと春の到来を感じさせる清々しい外気が、窓からたっぷりと入ってくる。俺はソファーに寝そべってアイスキャンディーを食べながら、友人の外国からの土産で貰った無修正のポルノ雑誌を眺めていた。いまにも写真から陰毛がパラパラと落ちてきて、顔やアイスに付着しそうだ。

そんなひとときの気分は、悪いものではない。それどころか、これほどリラックスした状況はほかにないだろう。

しかし、油断はできない。不動産屋の松田が亀×と密に連絡を取り、俺のささやかなひとときを破壊しないという保証はない。

連中は常に貧乏人を牢獄の囚人のように管理し、一銭でも多くの金を巻き上げることしか考えていない。一秒でも早く、やつらの生命を絶ち、囚人を解放すべきだ。

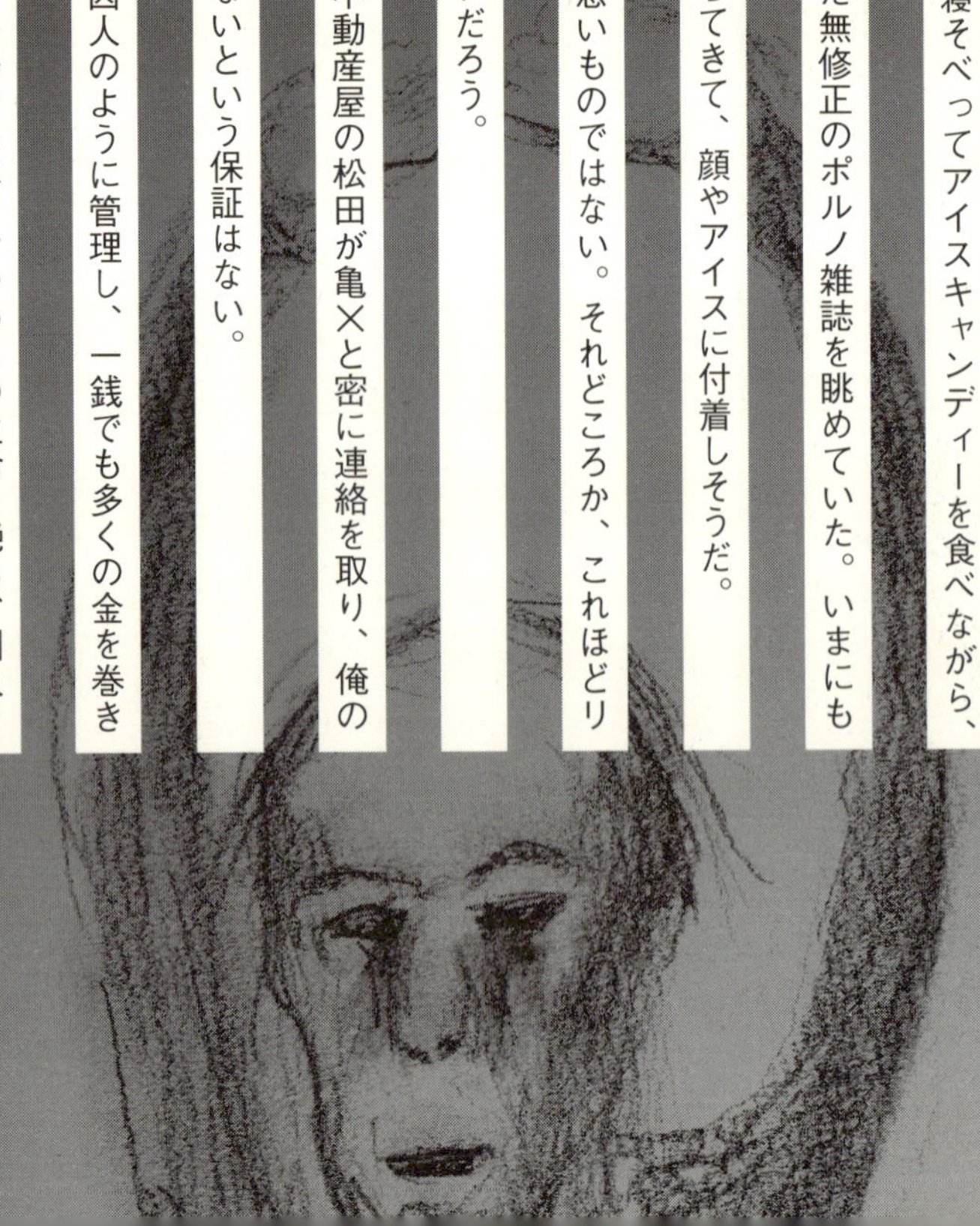

刃物や銃では駄目だ。

大型車で直接突っ込め。

敵の不動産屋ごと壊滅させてやれ！

松田のクソ女をブチ殺す計画を抜かりなく綿密に立て終えると、一度溜め息をついてからふたたび神経を海外からやってきたポルノ雑誌の方へ集中させた。すると、いまにも頭上の写真から、モデルたちの陰毛がポロポロと落ちてきそうになった――。

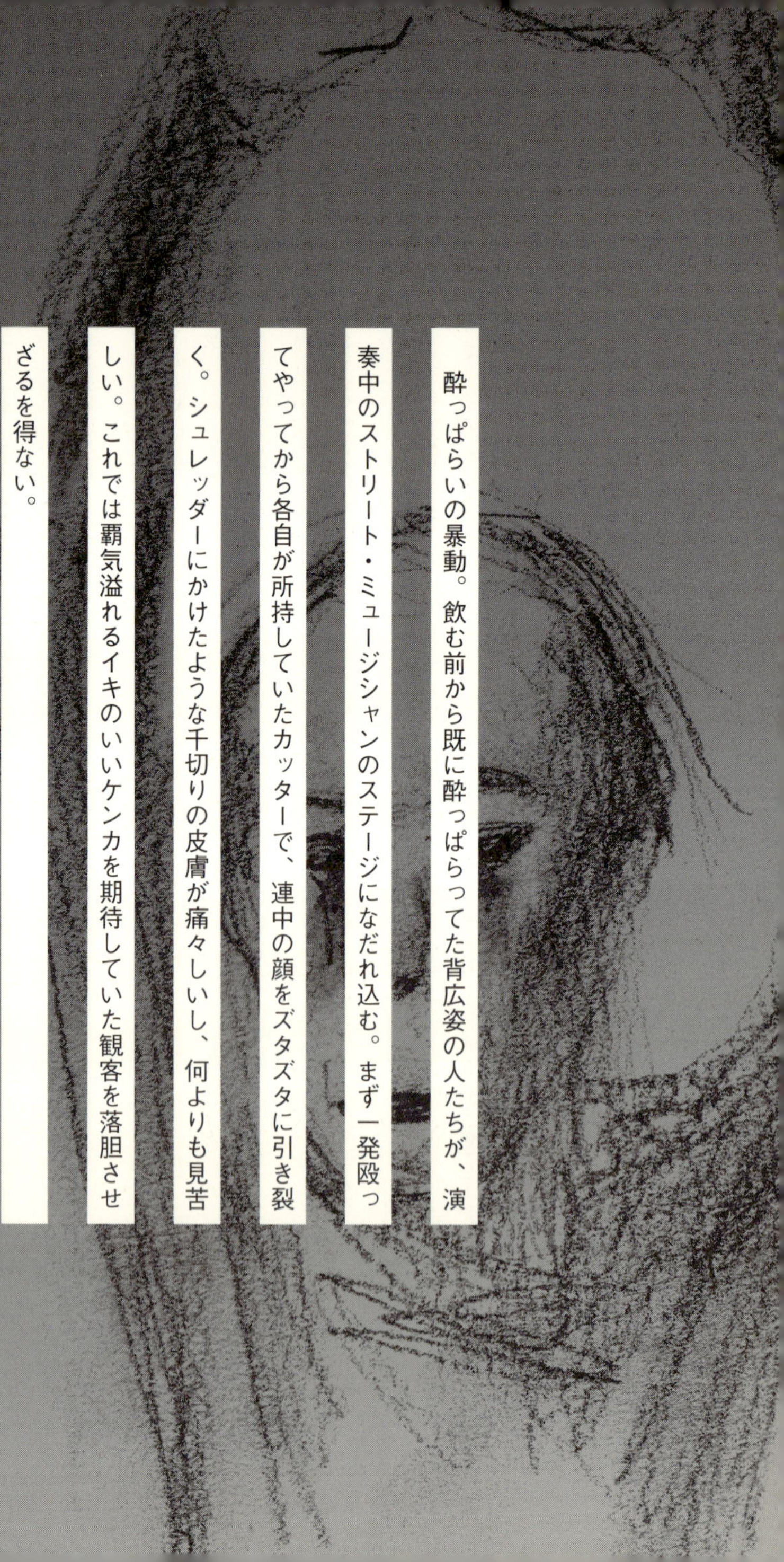

酔っぱらいの暴動。飲む前から既に酔っぱらってた背広姿の人たちが、演奏中のストリート・ミュージシャンのステージになだれ込む。まず一発殴ってやってから各自が所持していたカッターで、連中の顔をズタズタに引き裂く。シュレッダーにかけたような千切りの皮膚が痛々しいし、何よりも見苦しい。これでは覇気溢れるイキのいいケンカを期待していた観客を落胆させざるを得ない。

やじ馬の一人が言う。

「見ててスカッとするような派手な喧嘩が見れると期待していたのに……こ

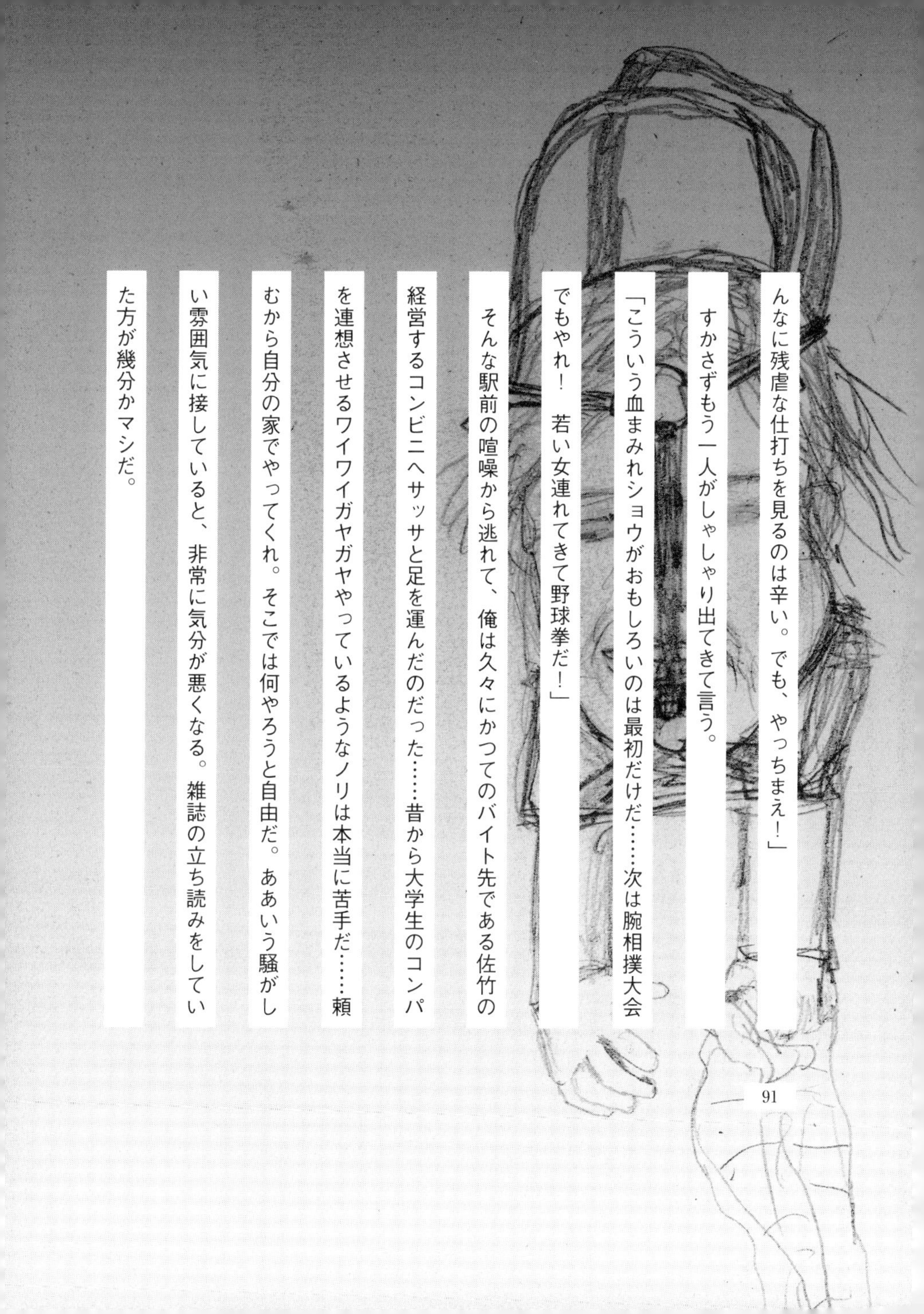

んなに残虐な仕打ちを見るのは辛い。でも、やっちまえ！」
すかさずもう一人がしゃしゃり出てきて言う。
「こういう血まみれショウがおもしろいのは最初だけだ……次は腕相撲大会でもやれ！　若い女連れてきて野球拳だ！」
そんな駅前の喧噪から逃れて、俺は久々にかつてのバイト先である佐竹の経営するコンビニへサッサと足を運んだのだった……昔から大学生のコンパを連想させるワイワイガヤガヤやっているようなノリは本当に苦手だ……頼むから自分の家でやってくれ。そこでは何やろうと自由だ。ああいう騒がしい雰囲気に接していると、非常に気分が悪くなる。雑誌の立ち読みをしていた方が幾分かマシだ。

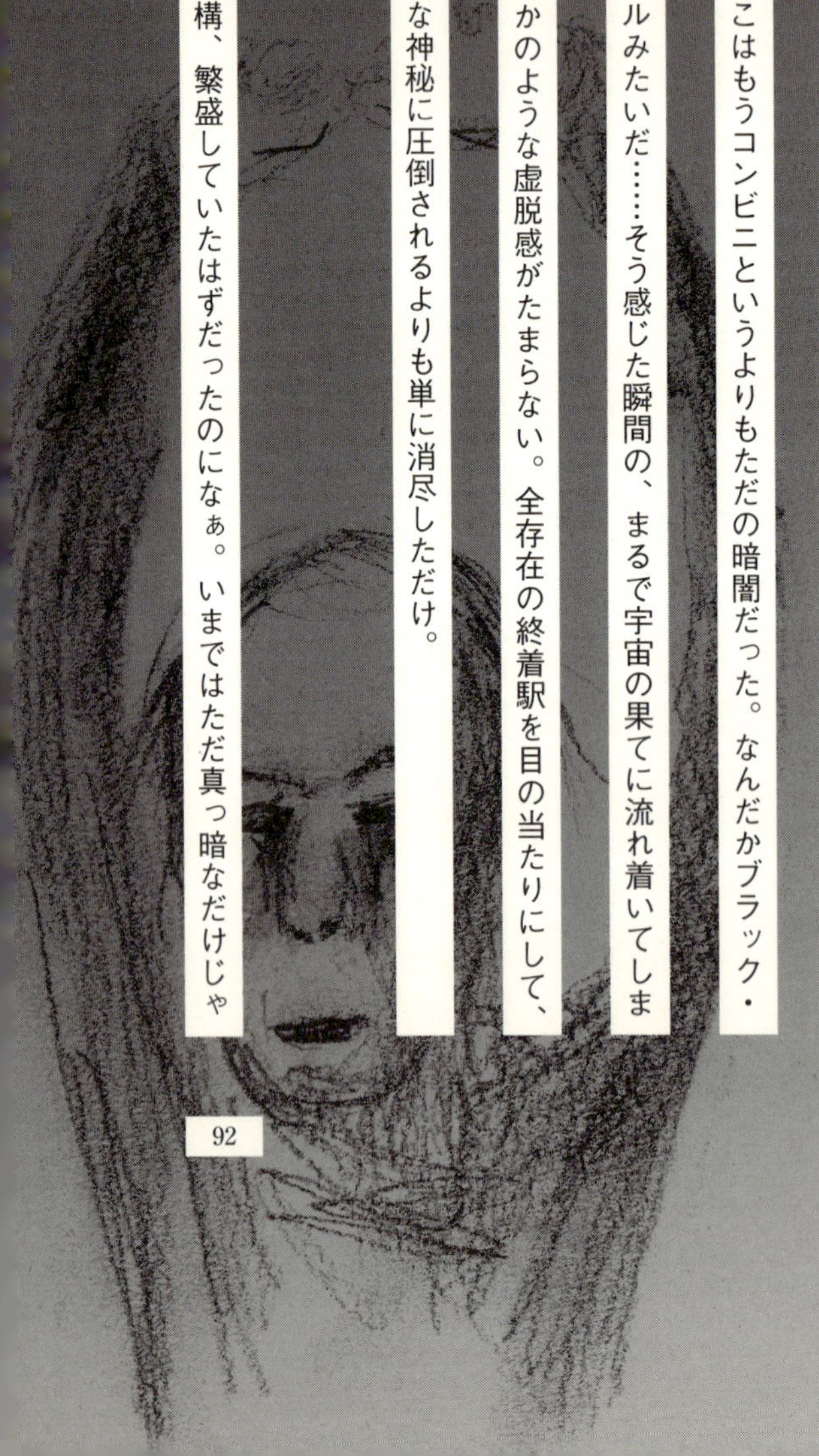

しかし、現地に到着してみると、ハッと意表を突くことにコンビニは最近営業停止したらしく看板は外され、ガラス張りの店先から眺めた店内は真っ暗で、商品はなにひとつ置かれていなかったのである。無情にも菓子パンひとつ落ちてはいなかった。

そこはもうコンビニというよりもただの暗闇だった。なんだかブラック・ホールみたいだ……そう感じた瞬間の、まるで宇宙の果てに流れ着いてしまったかのような虚脱感がたまらない。全存在の終着駅を目の当たりにして、壮大な神秘に圧倒されるよりも単に消尽しただけ。

「結構、繁盛していたはずだったのになぁ。いまではただ真っ暗なだけじゃないか」

店長の佐竹は、この店をそこかしこで乱立するような平凡なコンビニにするつもりはなかった。その証拠として、オリジナルの創作料理のアイディアを生かした惣菜が、店のオススメ商品として常に店内の目立つ場所に置かれていたのを思い出す。

不思議なことにそれらは一度も売れた試しがなかった。毎日、終日誰の口にも運ばれることなく破棄されていた。

「彼の実験的な試みは、どれもまったくの無駄になってしまったようだ……。他人事とはいえ少々残念でならない」

やがてポツリポツリと雨が降ってきた。このまま暗く静まり返った店内を

眺めていると、いつの間にかスッと闇の奥へ吸い込まれてしまいそうな気がして、早々とその場を退散した方がいいような気がした――。

可愛い赤ちゃんが乗っているのかどうかわからないが、ずっと以前から路上の駐車スペースに放置されていた乳母車は、当初から異臭を放っていた。

そこから赤ちゃんの泣き声は聞こえてこなかった。近所の主婦の一人がいつも買い物の帰りに、心配そうに乳母車の中を覗こうと近づこうとするのだが、例の異臭があまりにも酷くて酷くて3メートル手前まで行くのが限度だ

った。

「オレは〈マラソン梁山泊〉の主宰者で、本業はグラフィック・デザイナーのYOSHIZAWAだ。どうぞ、よろしく」

駐車スペースの脇の路上に立ち尽くす主婦連中の背後から、息も絶え絶え状態のYOSHIZAWA氏が握手を求めて現れる。彼の手のひらは非常に汗ばんでいたにもかかわらず、積極的に握手をし、汗で湿った名刺を一人一人に手渡す。

主婦たちはその名前を忘れたくとも忘れられない。彼が頭に被った黒いキャップにも、ちゃんと正しいローマ字で〈YOSHIZAWA〉という文字が刺繍されていたからだ。顔と名前が一致する、とても親切でわかりやすい感じが、なかなか好感を持たせる。世の中の人々も、同じように顔の上に名前が書いてあるべきだ。

主婦たちは急にやってきたジャージ姿の見知らぬマラソンランナーにはさしたる用事はないので、キャップに書かれた文字と無精髭の生えた顔を一瞥しただけで無言で自然に解散した。

通りがかりにチラリと覗き込んでみると、乳母車の中には赤子の腐乱死体など入っていない。何も入ってはいない。ただ単にそこに打ち捨てられた乳母車が、特に理由もなく異常に臭かっただけだ。

「やれやれ、なんとも人騒がせな乳母車だ」

それだけを確認すると、安心してYOSHIZAWA氏はまた走り始めた。

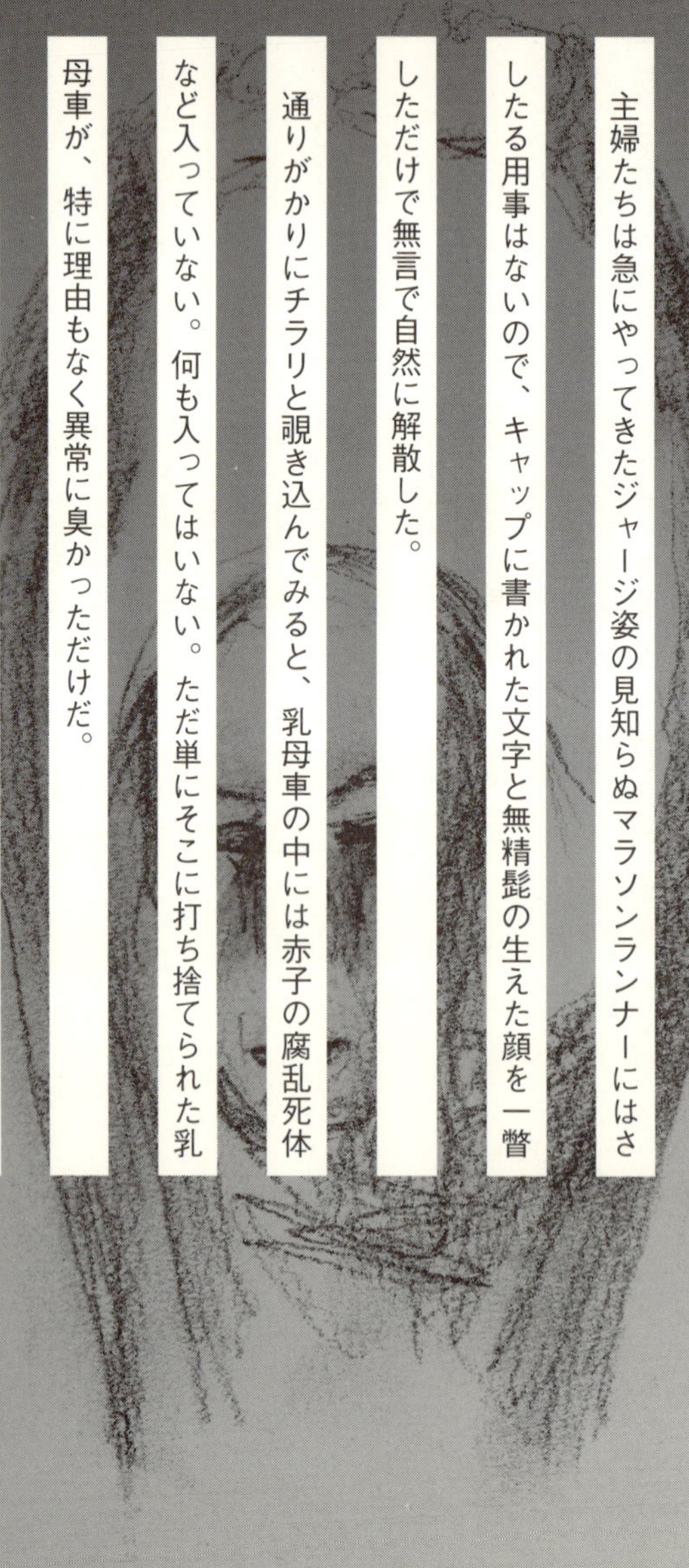

その姿は、コンクリートの地面に足裏を黙々と叩き付けることのみが自分の存在を確認させてくれる唯一の手段であるかのようだった。

この頃、近所の30代男性たちが中心となって毎週日曜に公園にて集い、そこをスタート地点にして小規模のマラソン大会のようなものを開催している。今ではタウン誌などで噂が広まり、他の地域の人々までも駆けつけてくる程の名物イベントにまで急成長した。

それが実は〈マラソン梁山泊〉と呼ばれる団体の正体である。そして、最初にその団体を立ち上げたのが、まさに今話題の人物であるグラフィック・デザイナーのYOSHIZAWA氏なのだ。

彼の老人嫌いは有名で、先日もマラソンに没頭している時に道を訊ねてき

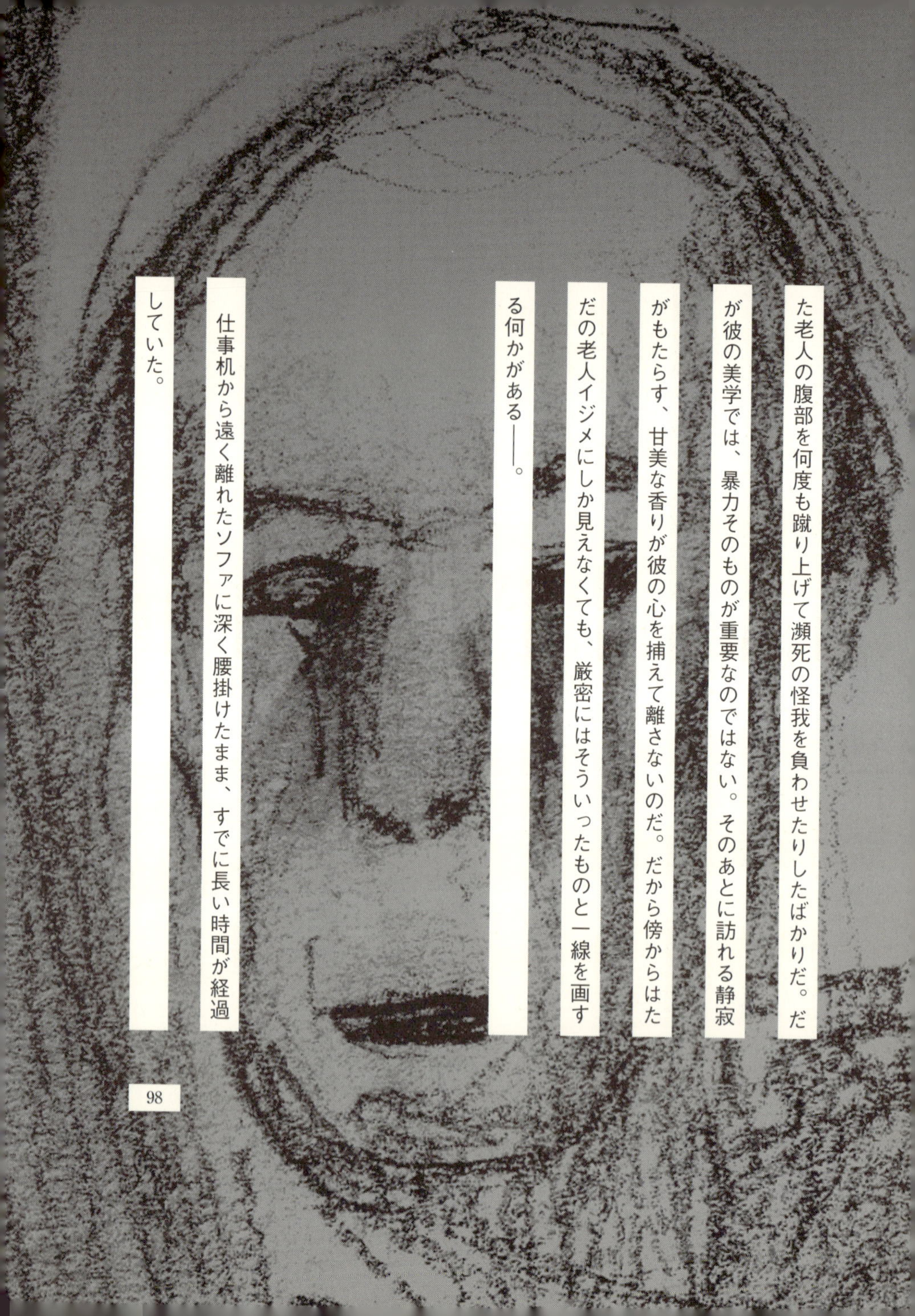

た老人の腹部を何度も蹴り上げて瀕死の怪我を負わせたりしたばかりだ。だが彼の美学では、暴力そのものが重要なのではない。そのあとに訪れる静寂がもたらす、甘美な香りが彼の心を捕えて離さないのだ。だから傍からはただの老人イジメにしか見えなくても、厳密にはそういったものと一線を画する何かがある――。

仕事机から遠く離れたソファに深く腰掛けたまま、すでに長い時間が経過していた。

さっさと原稿用紙のマス目を埋めて外出したいのに、何も書くことが思い付かない。

文章を書くことから解放されたい……表現したいのはただこれだけ。こんな簡単そうに他人からは見える仕事でも、実際に携わる人間にしてみれば地獄の苦しみである。

「やりたくない……やりたくない……文章なんて書きたくない……これならば、ガソリンスタンドかどこかでバイトするほうが全然マシだ……」

時間だけが過ぎてゆく。誰か自分に替わって書いてくれる人はいないのだろうか。

そんなことをボンヤリと考えているだけでソファに座ったまま何もしない

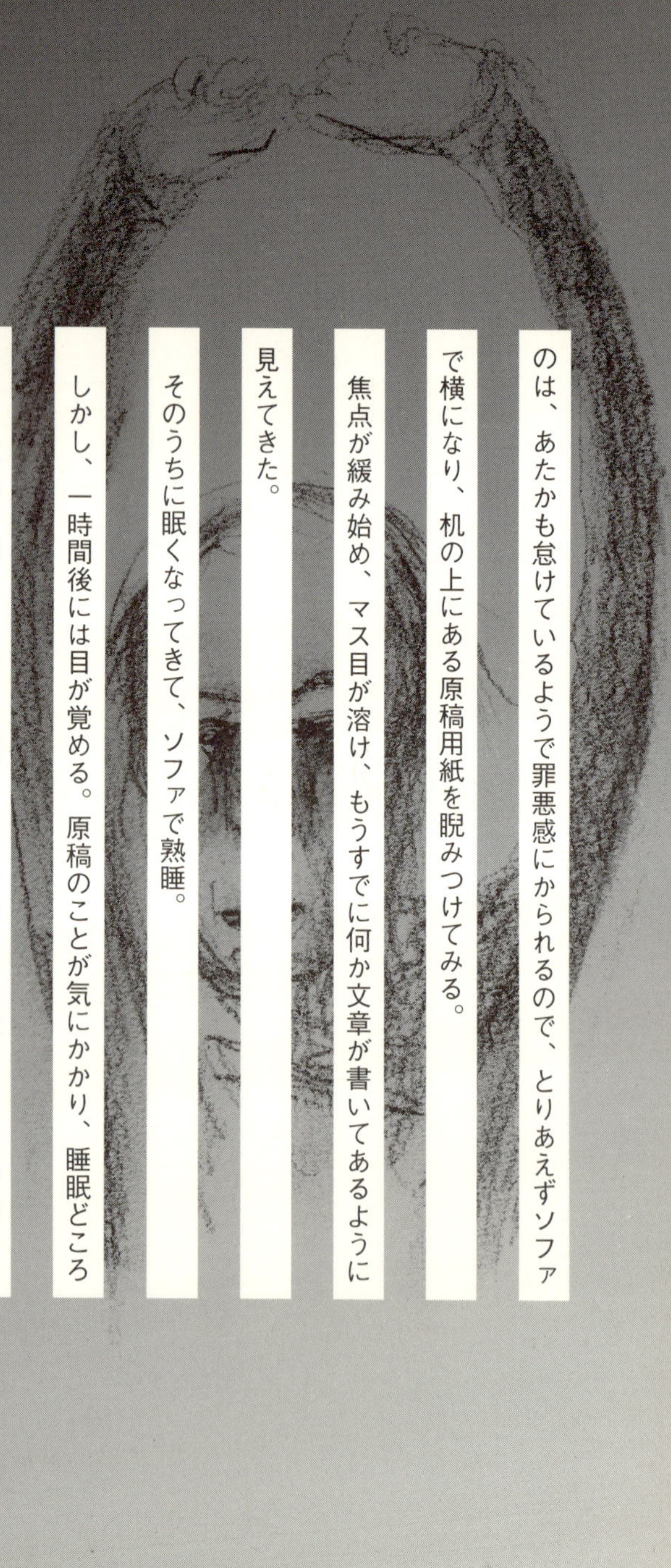

のは、あたかも怠けているようで罪悪感にかられるので、とりあえずソファで横になり、机の上にある原稿用紙を睨みつけてみる。

焦点が緩み始め、マス目が溶け、もうすでに何か文章が書いてあるように見えてきた。

そのうちに眠くなってきて、ソファで熟睡。

しかし、一時間後には目が覚める。原稿のことが気にかかり、睡眠どころではない。締め切りはとっくに過ぎており、本日中に提出しなければ落ちてしまうのだ。

起きたばかりのボーッとした頭でソファに深く腰掛けたまま何もせずに、長い時間が経過していた。

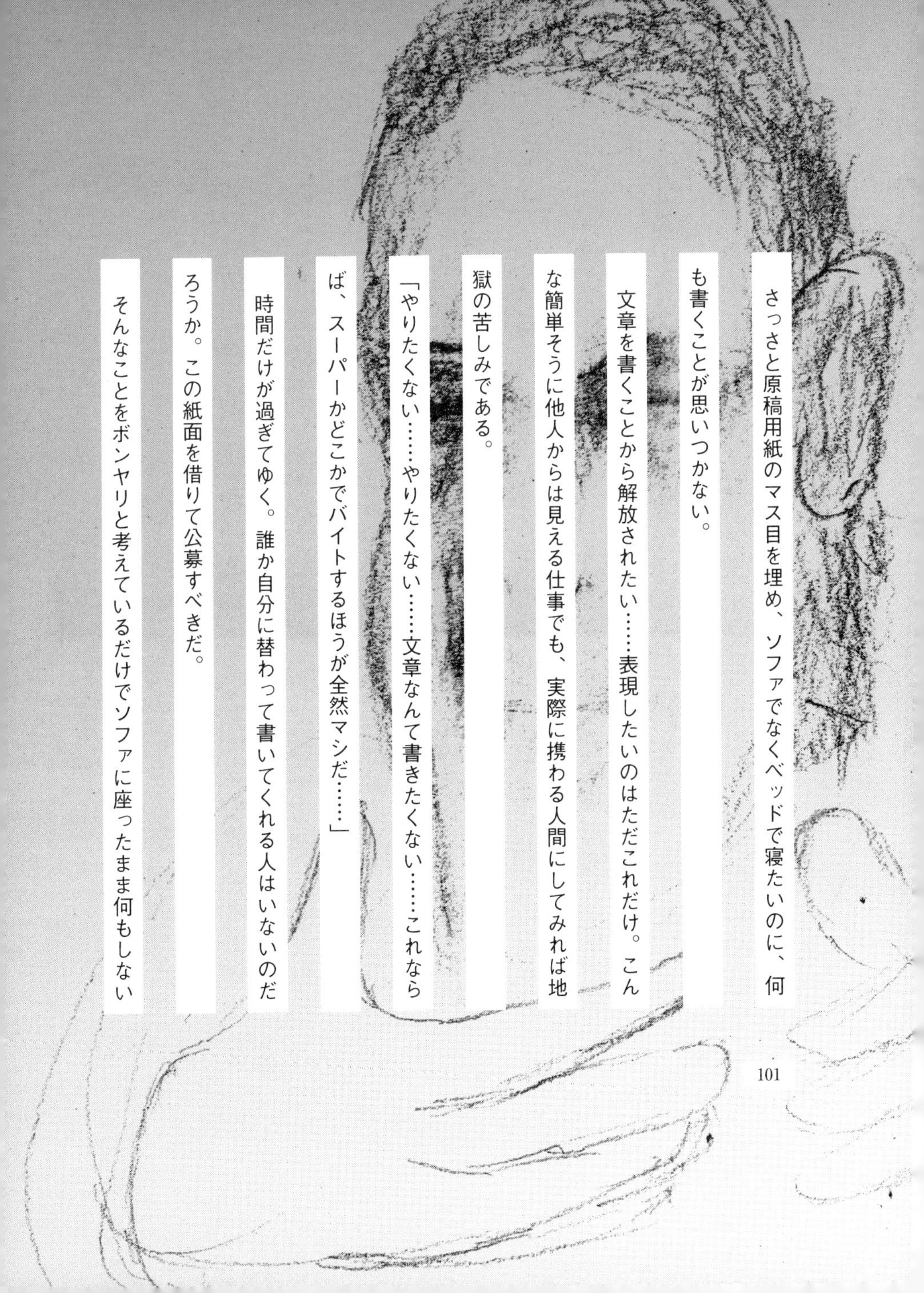

さっさと原稿用紙のマス目を埋め、ソファでなくベッドで寝たいのに、何も書くことが思いつかない。

文章を書くことから解放されたい……表現したいのはただこれだけ。こんな簡単そうに他人からは見える仕事でも、実際に携わる人間にしてみれば地獄の苦しみである。

「やりたくない……やりたくない……文章なんて書きたくない……これならば、スーパーかどこかでバイトするほうが全然マシだ……」

時間だけが過ぎてゆく。誰か自分に替わって書いてくれる人はいないのだろうか。この紙面を借りて公募すべきだ。

そんなことをボンヤリと考えているだけでソファに座ったまま何もしない

のは、あたかも怠けているようで罪悪感にかられるので、とりあえずソファで横になり、机の上にある原稿用紙を睨みつけてみる。

焦点が緩みはじめ、マス目が溶け、もうすでに何か文章が書いてあるように見えてきた。

ちゃんとソファから立ち上がり、机の上の原稿用紙を見てみると、溶けたマス目がちゃんとした文字を形成しており、それがいま貴方が読んでいるこの原稿になった。

初出

『bounce』1999年7月号〜2000年7月号「中原昌也のストリート・スケッチ'99 キッズの未来派わんぱく宣言」および2000年8月号〜2001年9月号「癒しんぼ」に加筆・改題した。

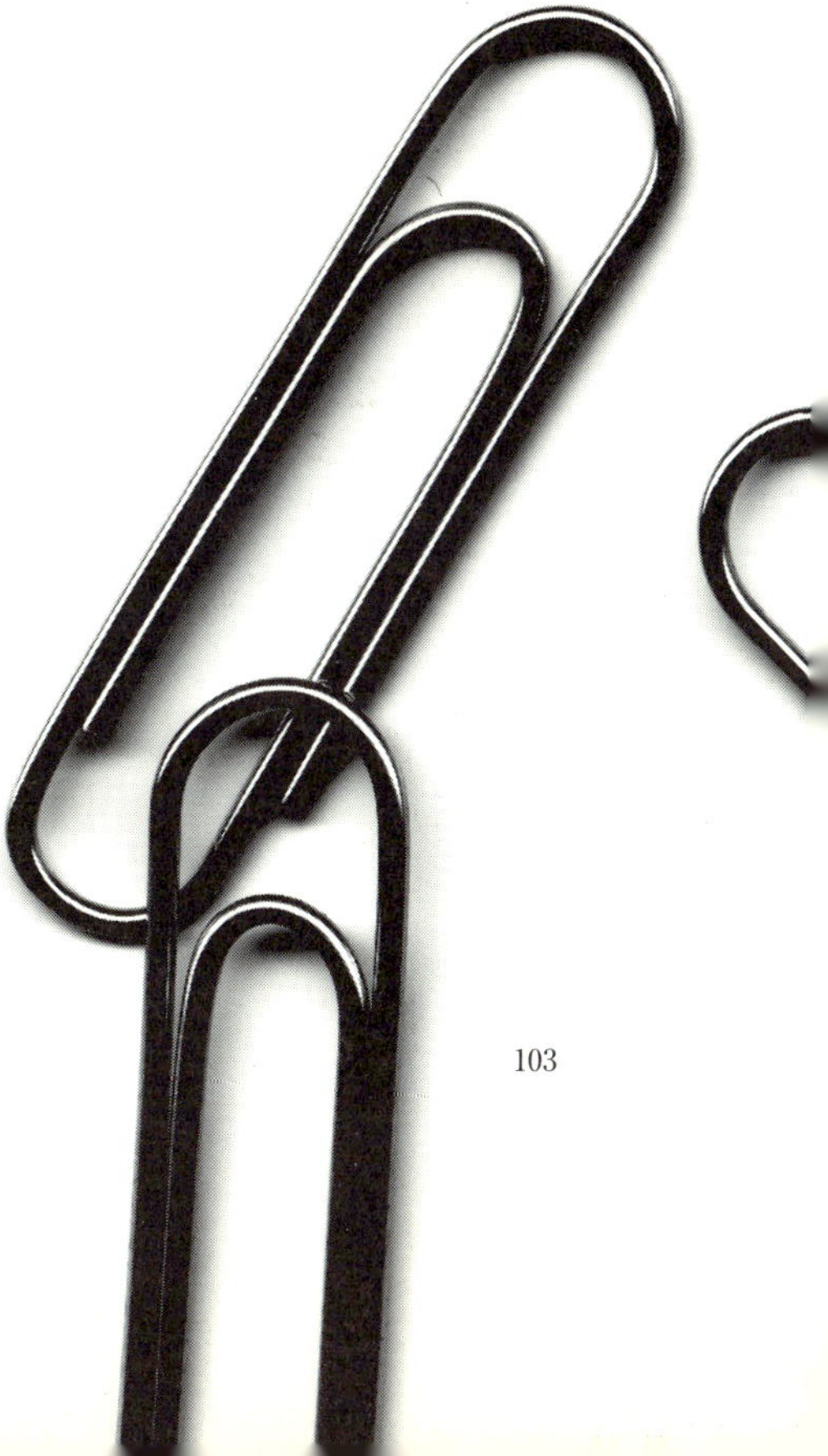

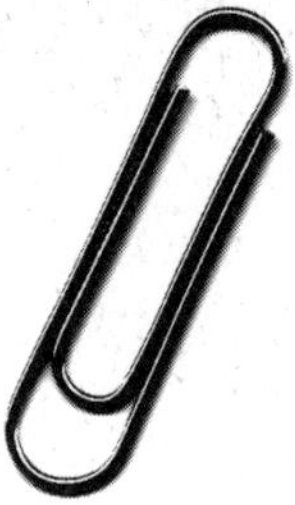

キッズの未来派わんぱく宣言

2004年7月15日　初版第一刷発行

著者：中原昌也

付録CD：ヘア・スタイリスティックス
装丁：宮川隆
挿画：中原昌也ほか
編集：中西大輔・大嶺洋子
編集協力：村松タカヒロ

発行者：孫家邦
発行所：株式会社リトル・モア
〒107-0062　東京都港区南青山3-3-24
電話 (03)3401-1042　FAX (03)3401-1052
http://www.littlemore.co.jp

印刷・製本：凸版印刷株式会社

ISBN4-89815-127-2 C0093

定価はカバーに表示してあります。
乱丁・落丁本は送料小社負担でお取り替えいたします。